# CORTE DE GELO E ESTRELAS

**Obras da autora publicadas pela Galera Record**

### *Série* Trono de Vidro
*A lâmina da assassina*
*Trono de vidro*
*Coroa da meia-noite*
*Herdeira do fogo*
*Rainha das sombras*
*Império de tempestades*
*Torre do alvorecer*
*Reino de cinzas*

### *Série* Corte de Espinhos e Rosas
*Corte de espinhos e rosas*
*Corte de névoa e fúria*
*Corte de asas e ruína*
*Corte de gelo e estrelas*
*Corte de chamas prateadas*

### *Série* Cidade da Lua Crescente
*Casa de terra e sangue*
*Casa de céu e sopro*
*Casa de chama e sombra*

# CORTE DE GELO E ESTRELAS

## SARAH J. MAAS

Tradução
Mariana Kohnert

30ª edição

Galera

RIO DE JANEIRO

2025

CIP-BRASIL. CATALOGAÇÃO NA PUBLICAÇÃO
SINDICATO NACIONAL DOS EDITORES DE LIVROS, RJ

M11c
30ª ed.

Maas, Sarah J., 1986-
    Corte de gelo e estrelas / Sarah J. Maas ; tradução Mariana Kohnert. - 30ª ed. - Rio de Janeiro : Galera Record, 2025.

    Tradução de: A court of frost and starlight
    ISBN 978-85-01-11560-7

    1. Ficção juvenil americana. I. Kohnert, Mariana. II. Título.

18-50391

CDD: 028.5
CDU: 087.5

Meri Gleice Rodrigues de Souza - Bibliotecária - CRB-7/6439

Título original:
*A Court of Frost and Starlight*

Copyright © 2018 Sarah J. Maas
Copyright dos mapas © Kelly de Groot

Revisão: Thaís Entriel
Leitura sensível: Rane Souza

Esta tradução foi publicada mediante acordo com Bloomsbury Publishing Inc.

Todos os direitos reservados.
Proibida a reprodução, no todo ou em parte, através de quaisquer meios.
Os direitos morais da autora foram assegurados.

Texto revisado segundo o Acordo Ortográfico da Língua Portuguesa de 1990.

Direitos exclusivos de publicação em língua portuguesa somente para o Brasil adquiridos pela
EDITORA GALERA RECORD LTDA.
Rua Argentina, 120 – Rio de Janeiro, RJ – 20921-380 – Tel.: (21) 2585-2000, que se reserva a propriedade literária desta tradução.

Impresso no Brasil

ISBN 978-85-01-11560-7

Seja um leitor preferencial Record.
Cadastre-se no site www.record.com.br e receba informações sobre nossos lançamentos e nossas promoções.

Atendimento e venda direta ao leitor:
sac@record.com.br

*Aos leitores que olham para as estrelas e desejam.*

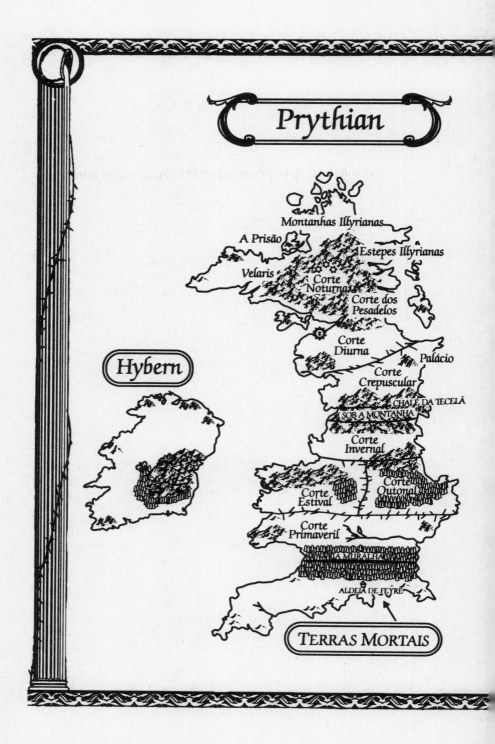

# Capítulo
# 1

*Feyre*

A primeira neve do inverno começara a fustigar Velaris havia uma hora.

O chão tinha finalmente congelado na semana anterior, e quando, enfim, terminei de devorar minha torrada com bacon do café da manhã, acompanhada de uma xícara de chá forte, os paralelepípedos pálidos estavam salpicados de pó branco e fino.

Eu não fazia ideia de onde Rhys estava. Não o encontrei na cama quando acordei, e seu lado do colchão já estava frio. Nada incomum, pois andávamos ocupados quase ao ponto da exaustão ultimamente.

Sentada à longa mesa de cerejeira na casa da cidade, franzi a testa para a neve rodopiante do outro lado das janelas de vidro decoradas com treliças de chumbo.

Houve uma época em que eu tive medo daquela primeira neve, em que vivia aterrorizada pela ideia de longos e cruéis invernos.

Mas foi um longo e cruel inverno que me levou tão profundamente para dentro do bosque naquele dia, há quase dois anos. Um longo e cruel inverno que me deixou desesperada o bastante para matar um lobo, que, por fim, me trouxe até aqui — a esta vida, esta... felicidade.

A neve caía; pedaços espessos despencavam na grama seca do minúsculo quintal da frente, se acumulando nas lanças e nos arcos da cerca decorativa diante dele.

Bem dentro de mim, subindo com cada floco rodopiante, um poder reluzente e gélido se agitou. Eu era Grã-Senhora da Corte Noturna, sim, mas também aquela abençoada com os dons de todas as cortes. Parecia que o Inverno queria brincar.

Enfim desperta o bastante para soar coerente, desci o escudo de adamantino preto que protegia minha mente e projetei um pensamento pela ponte de almas entre mim e Rhys. *Para onde você voou tão cedo?*

Minha pergunta se dissipou na escuridão. Um sinal certeiro de que meu parceiro não estava nada perto de Velaris. Provavelmente nem mesmo dentro das fronteiras da Corte Noturna. O que também não era incomum — ele andava visitando nossos aliados de guerra nos últimos meses para solidificar nossas relações, estabelecer comércio e acompanhar suas intenções pós-muralha. Quando meu trabalho permitia, eu costumava me juntar a ele.

Peguei o prato, tomei todo o meu chá e caminhei para a cozinha. A brincadeira com gelo e neve podia esperar.

Nuala já preparava o almoço na bancada, sem nenhum sinal de sua gêmea, Cerridwen. Mesmo assim, eu a dispensei quando a meio--espectro fez menção de pegar minha louça.

— Posso lavá-la — falei, como cumprimento.

Com a mão na massa, fazendo algum tipo de torta de carne, Nuala lançou um sorriso de gratidão em minha direção e me deixou lavar a louça. Uma fêmea de poucas palavras, embora nenhuma das gêmeas pudesse ser considerada tímida. Certamente não quando trabalhavam — espionavam — tanto para Rhys quanto para Azriel.

— Ainda está nevando — observei, um pouco inutilmente, olhando pela janela da cozinha para o jardim adiante enquanto enxaguava o prato, o garfo e a xícara. Elain já preparara o jardim para o inverno, cobrindo os arbustos e os canteiros mais delicados com aniagem. — Será que vai parar?

Nuala colocou a massa trançada sobre o topo da torta e começou a unir as beiradas com beliscões, os dedos-fantasma fazendo um trabalho ágil e habilidoso.

— Seria bom ter um Solstício branco — comentou ela, a voz melódica, porém baixa. Cheia de sussurros e sombras. — Em alguns anos, pode ser bastante ameno.

Certo. O Solstício de Inverno. Em uma semana. Ser Grã-Senhora ainda era uma novidade para mim, então não fazia ideia de qual seria meu papel formal. Se teríamos uma Grã-Sacerdotisa para fazer uma cerimônia odiosa, como Ianthe fizera no ano anterior...

Um ano. Pelos deuses, quase um ano desde que Rhys cobrara o acordo, desesperado para me tirar do ambiente tóxico da Corte Primaveril, para me salvar de meu desalento. Caso demorasse mais um minuto sequer, só a Mãe sabe o que poderia ter acontecido. Onde eu estaria agora.

Neve rodopiou e avançou pelo jardim, perdendo-se nas fibras marrons da aniagem que cobria os arbustos.

Meu parceiro — que trabalhou de forma tão árdua e altruísta, e sem qualquer esperança de que algum dia eu ficasse com ele.

Ambos tínhamos lutado por aquele amor, sangrado por ele. Rhys morrera por ele.

Eu ainda revivia aquele momento, tanto nos sonhos de um sono pesado quanto nos que tinha acordada. Como ficara seu rosto, como o peito não se elevara, como o laço entre nós tinha se desfeito em tiras. Ainda sentia aquilo, aquele vazio no peito onde o laço estivera, onde *ele* estivera. Mesmo neste momento, com essa ligação mais uma vez fluindo entre nós como um rio de noites salpicadas de estrelas, o eco do sumiço permanecia. Roubava meu sono; me tirava de conversas, de pinturas, de refeições.

Rhys sabia exatamente por que havia noites em que eu me agarrava a ele com mais força, por que havia momentos em que, mesmo sob o sol intenso e claro, eu apertava sua mão. Meu parceiro sabia, porque *eu* sabia por qual motivo seu olhar às vezes ficava distante, por qual motivo ele ocasionalmente apenas piscava para todos nós sem sequer acreditar, esfregando o peito como se para aliviar uma dor.

Trabalhar tinha ajudado. A nós dois. Manter-se ocupado, concentrado — eu tinha pavor dos dias silenciosos e ociosos, quando todos aqueles pensamentos por fim me aprisionavam. Quando não havia nada além de mim e de minha mente, e aquela lembrança de Rhys caído morto no solo rochoso, do rei de Hybern quebrando o pescoço de meu pai, de todos aqueles illyrianos explodindo no céu e caindo na terra em forma de cinzas.

Talvez um dia nem mesmo o trabalho servisse de fortaleza para manter as memórias afastadas.

Misericordiosamente, ainda havia muito a ser feito para o futuro próximo. E a reconstrução de Velaris depois dos ataques de Hybern era apenas uma das várias tarefas monumentais. Tínhamos ainda outros deveres — tanto em Velaris quanto além dela: nas montanhas Illyrianas, na Cidade Escavada, na imensidão de toda a Corte Noturna. E então havia as outras cortes de Prythian. E o novo mundo que surgia adiante.

Mas, por enquanto, o Solstício. A noite mais longa do ano. Eu me voltei da janela para Nuala, que ainda mexia nas bordas da torta.

— É um feriado especial aqui também, certo? — perguntei, casualmente. — Não apenas na Invernal e na Diurna. — E na Primaveril.

— Ah, sim — respondeu ela, inclinando-se sobre a bancada para examinar a torta. Espiã habilidosa, treinada pelo próprio Azriel, e mestre cozinheira. — Adoramos esse feriado. É íntimo, caloroso, lindo. Presentes, e música, e comida, às vezes um banquete sob as estrelas... — O oposto da festa enorme e selvagem que durava dias à qual fui sujeita no ano passado. Mas... presentes.

Eu precisava comprar presentes para todos eles. Não precisava, mas *queria*.

Porque todos os meus amigos, agora minha família, tinham lutado, e sangrado, e quase morrido também.

Afastei a imagem que dilacerou minha mente: Nestha, inclinada sobre o corpo ferido de Cassian, os dois prontos para morrer juntos contra o rei de Hybern. O cadáver de meu pai atrás deles.

Girei o pescoço. Precisávamos mesmo de algo para celebrar. Reunir todos nós por mais de uma ou duas horas havia se tornado algo raro.

— É um momento de descanso também. E um momento para refletir sobre a escuridão, sobre como ela permite que a luz brilhe — prosseguiu Nuala.

— Há uma cerimônia?

A meio-espectro deu de ombros.

— Sim, mas nenhum de nós vai. É mais para aqueles que querem honrar o renascimento da luz e, em geral, passam a noite inteira sentados em completa escuridão. — Ela abriu um meio sorriso. — Não é muita novidade para mim e minha irmã. Ou para o Grão-Senhor.

Ao assentir, tentei não parecer aliviada demais por não ter que ser arrastada para um templo durante horas.

Depois de apoiar a louça limpa no pequeno suporte de madeira ao lado da pia, desejei sorte a Nuala com o almoço e subi para me vestir. Cerridwen já havia separado minhas roupas, mas não tive sinal da gêmea enquanto eu vestia o pesado suéter cor de carvão, as leggings pretas justas e as botas com forro de lã, tudo antes de fazer uma trança frouxa nos cabelos.

Há um ano, eu teria sido enfiada em vestidos finos e em joias para ser exibida diante de uma corte vaidosa que me secava com os olhos como se eu fosse uma égua parideira premiada.

Aqui... Sorri para o anel de prata e safira na mão esquerda. O anel que eu tinha conquistado para mim mesma da Tecelã do Bosque.

Meu sorriso se desfez um pouco.

Eu também conseguia vê-la. Ver Stryga de pé diante do rei de Hybern, coberta com o sangue de suas presas, enquanto as mãos do rei a pegavam pela cabeça e partiam seu pescoço. E então a atiravam às bestas dele.

Fechei os dedos em punho, inspirando pelo nariz e expirando pela boca, até que o calafrio nos braços e nas pernas se dissipasse, até que as paredes do quarto parassem de me sufocar.

Até que eu conseguisse avaliar a variedade de objetos pessoais no quarto de Rhys — em nosso quarto. Não era, de forma alguma, um quarto pequeno, mas ultimamente começara a parecer... apertado. A mesa de pau-rosa contra uma das paredes estava coberta de papéis e livros, tanto de meus negócios quanto dos dele; minhas joias e roupas tiveram que ser divididas entre este e meu antigo quarto. E havia também as armas.

Adagas e espadas, aljavas e arcos. Cocei a cabeça ao reparar na *clava* de aspecto pesado e cruel que Rhys de alguma forma jogara ao lado da mesa sem que eu reparasse.

Eu nem mesmo queria saber. Mas não tinha dúvidas de que Cassian estava, de algum modo, por trás daquilo.

Poderíamos, obviamente, guardar tudo no bolsão entre os dois reinos, mas... Franzi a testa para meu próprio conjunto de lâminas illyrianas, recostado contra o imenso armário.

Se ficássemos presos em casa por causa da neve, talvez eu usasse o dia para organizar as coisas. Encontrar espaço para tudo. Principalmente para aquela clava.

Seria um desafio, considerando que Elain ainda ocupava o quarto no fim do corredor. Nestha escolhera uma casa do outro lado da cidade, uma na qual optei por não pensar durante muito tempo. Lucien, pelo menos, tinha estabelecido residência em um elegante apartamento próximo ao rio no dia seguinte ao retorno dos campos de batalha. E da Corte Primaveril.

Eu não tinha feito qualquer pergunta a ele a respeito daquela visita — a Tamlin.

Lucien também não tinha explicado o olho roxo e o lábio cortado. Apenas perguntara a mim e a Rhys se sabíamos de um lugar para ele ficar em Velaris, pois não queria nos causar mais incômodo ao permanecer na casa da cidade e não queria ficar isolado na Casa do Vento.

Ele não mencionara Elain, ou a proximidade com ela. Minha irmã não pedira que Lucien ficasse ou que se fosse. E caso tenha se importado com os hematomas no rosto do feérico, certamente não havia demonstrado.

Mas ele permanecera e encontrara formas de se manter ocupado, em geral sumindo durante dias ou semanas inteiras.

Mesmo assim, mesmo com Lucien e Nestha em apartamentos próprios, a casa da cidade andava um pouco apertada ultimamente.

Ainda mais se Mor, Cassian e Azriel aparecessem para passar a noite. E a Casa do Vento era grande demais, formal demais, longe demais da área da cidade. Boa por uma ou duas noites, mas... eu amava esta casa.

Era meu lar. O primeiro que tive de verdade, de forma que realmente contasse.

E seria legal comemorar o Solstício aqui. Com todos eles, por mais abarrotada que ficasse.

Fiz uma careta para a pilha de papéis que precisava separar: cartas de outras cortes, de sacerdotisas querendo posições e de reinos tanto humanos quanto feéricos. Eu adiara a tarefa por semanas, e tinha finalmente separado essa manhã para lê-las.

Grã-Senhora da Corte Noturna, Defensora do Arco-Íris e da... Escrivaninha.

Soltei um ronco de escárnio, jogando a trança por cima de um ombro. Talvez meu presente de Solstício para mim mesma fosse contratar um secretário pessoal. Alguém para ler e responder essas coisas, para separar o que era vital do que poderia ser deixado de lado. Porque um pouco mais de tempo para mim mesma, para *Rhys*...

Eu olharia o orçamento da corte, que Rhys jamais se importava muito em seguir, e veria o que poderia fazer para conseguir isso. Para ele e para mim.

Eu sabia que nossos cofres eram fundos, sabia que poderíamos facilmente pagar por isso sem sequer arranhar nossa fortuna, mas não me importava com o trabalho. Adorava o trabalho, na verdade. Esse território, esse povo, eram tanto parte de meu coração quanto meu parceiro. Até ontem, quase todas as horas que me mantive acordada tinham sido dedicadas a ajudá-los. Até que fui, educada e graciosamente, instruída a *ir para casa e aproveitar o feriado*.

Após a guerra, o povo de Velaris havia cumprido o desafio de reconstruir a cidade e ajudar os seus. Antes que eu sequer tivesse alguma ideia de *como* ajudá-los, vários mutirões já haviam sido organizados para auxiliar a cidade. Então eu me voluntariei com um punhado deles para tarefas que iam desde encontrar lares para aqueles desalojados pela destruição até visitar famílias afetadas durante a guerra, além de ajudar os sem abrigo a se preparar para o inverno com novos casacos e suprimentos.

Tudo isso era vital; tudo era parte de um trabalho bom e prazeroso. E, no entanto... havia mais. Havia *mais* que eu poderia fazer para ajudar. Pessoalmente. Só não tinha descoberto isso ainda.

Parecia que eu não era a única ansiosa para ajudar aqueles que tinham perdido tanto. Com o feriado, um fluxo de novos voluntários havia chegado, lotando o salão público perto do Palácio de Linhas e Joias, onde muitos dos grupos de mutirão estavam aquartelados. *Sua ajuda foi crucial, Senhora*, dissera uma matrona da caridade para mim no dia anterior. *Você tem vindo aqui quase todos os dias — trabalhou até cansar os ossos. Tire a semana de folga. Você merece. Comemore com seu parceiro.*

Tentei protestar, insistindo que eu precisava entregar mais casacos, distribuir mais lenha, mas a feérica havia acabado de falar para o salão inteiro, lotado até o limite com voluntários: *Temos mais ajuda do que sabemos o que fazer com ela.*

Quando tentei mais uma vez, ela me enxotou porta afora. E a fechou atrás de mim.

Entendido. A história se repetiu em todas as outras organizações pelas quais passei ontem à tarde. *Vá para casa e aproveite o feriado.*

Então foi o que fiz. Pelo menos a primeira parte. Quanto a *aproveitar*, no entanto...

A resposta de Rhys para minha pergunta sobre seu paradeiro finalmente piscou no laço, carregada por um ronco de poder escuro e lustroso. *Estou no acampamento de Devlon.*

*E levou todo esse tempo para responder?* Era uma longa distância até as montanhas Illyrianas, sim, mas não deveria ter levado tanto tempo para que uma resposta chegasse.

Rhys soltou uma risada sensual. *Cassian estava esbravejando. Não parou para respirar.*

*Meu pobre bebê illyriano. Nós sem dúvida atormentamos você, não é?*

A diversão de Rhys ondulou até mim, acariciando meu âmago com as mãos envoltas em noite. Mas ela parou, sumindo tão rapidamente quanto veio. *Cassian está discutindo com Devlon. Dou notícias depois.* Com uma deliciosa carícia contra meus sentidos, ele se foi.

Eu receberia um relatório completo sobre aquilo em breve, mas por enquanto...

Sorri para a neve que dançava do lado de fora das janelas.

# Capítulo 2

*Rhysand*

Mal passara das nove da manhã e Cassian já estava irritado.

O aquoso sol de inverno tentou, sem sucesso, se infiltrar por entre as nuvens que pairavam acima das montanhas Illyrianas enquanto o vento soava como um estrondo sobre os picos cinza. Já havia uma camada de centímetros de neve cobrindo o acampamento lotado, um vislumbre do que em breve recairia sobre Velaris.

Estava nevando quando saí, ao alvorecer — talvez uma boa camada de gelo já aguardasse no chão o meu retorno. Eu não tive a chance de perguntar a Feyre durante nossa breve conversa pelo laço minutos antes, mas talvez ela saísse para caminhar comigo. E me deixasse mostrar como a Cidade da Luz Estelar brilhava sob neve fresca.

De fato, minha parceira e minha cidade pareciam estar a um mundo de distância das atividades no acampamento Refúgio do Vento, aninhado em um alto desfiladeiro montanhoso. Mesmo o vento frio que soprava entre os picos, traindo o próprio nome do acampamento ao levantar leques de neve, não impedia os illyrianos de executar suas tarefas diárias.

Os guerreiros deviam treinar nos diversos ringues que se abriam para uma queda livre até o pequeno leito do vale abaixo;

aqueles que não estavam presentes tinham saído para patrulhar os arredores. Os machos que não tinham conseguido passar na seleção para guerreiro deviam cuidar dos diversos comércios, assumindo papéis de mercadores, ou ferreiros, ou sapateiros. Para as fêmeas, restava o trabalho inferior.

Elas não enxergavam dessa forma. Nenhuma delas. Mas as tarefas requeridas, independentemente de as feéricas serem velhas ou jovens, permaneciam as mesmas: cozinhar, limpar, cuidar das crianças, fazer roupas, lavá-las... Havia honra em tais tarefas — era possível encontrar orgulho e bom trabalho nelas. Mas não quando era *esperado* que todas as fêmeas ali fizessem isso. E se fugissem desses deveres, qualquer uma das meia dúzia de damas de acampamento ou quaisquer que fossem os machos que controlassem a vida delas as puniriam.

E, assim, havia sido desde que conheci este lugar, com o povo de minha mãe. O mundo tinha renascido durante os meses de guerra, a muralha fora reduzida a nada e, no entanto, algumas coisas não mudavam. Principalmente ali, onde a mudança era mais lenta do que as geleiras derretendo por entre aquelas montanhas. Tradições que remontavam a milhares de anos, mantidas praticamente inalteradas.

Até nós. Até agora.

Desviando minha atenção do acampamento agitado fora do limite dos ringues de treino demarcados com giz, estampei uma expressão neutra conforme Cassian enfrentava Devlon.

— As meninas estão ocupadas com as preparações para o Solstício — dizia o senhor do acampamento, com os braços cruzados sobre o peito inflado. — As esposas precisam de toda a ajuda que puderem obter para tudo ficar pronto a tempo. Elas podem praticar na próxima semana.

Eu tinha perdido a conta de quantas variações dessa mesma conversa tínhamos tido durante as décadas em que Cassian insistira no assunto com Devlon.

O vento açoitou os cabelos pretos de Cassian, mas o rosto do feérico permaneceu rígido como granito quando ele se dirigiu ao guerreiro que relutantemente nos treinara.

— As meninas podem ajudar as mães *depois* do treino. Diminuiremos o exercício para duas horas. O restante do dia será o suficiente para auxiliar com os preparativos.

Devlon desviou os olhos avelã para onde eu estava, a alguns metros de distância.

–– Isso é uma ordem?

Eu o encarei de volta. E apesar de minha coroa, de meu poder, tive que me esforçar para não voltar a ser aquela criança trêmula de cinco séculos atrás, naquele primeiro dia em que Devlon ficara de pé, imponente, acima de mim e me puxara para o ringue de treino.

— Se Cassian disser que é uma ordem, então é.

Tinha me ocorrido durante os anos em que tínhamos travado aquela mesma batalha com Devlon e os illyrianos que eu poderia simplesmente entrar na mente dele, de todos eles, e fazer com que concordassem. Mas havia alguns limites que eu não poderia ultrapassar, nem iria. Cassian jamais me perdoaria.

Devlon grunhiu, formando uma espiral de vapor com o hálito.

— Uma hora.

— Duas horas — replicou Cassian, as asas se abrindo levemente enquanto sustentava a posição severa que eu fora chamado naquela manhã para ajudá-lo a manter.

Devia ser ruim, então, se meu irmão tinha me pedido para vir. Muito ruim mesmo. Talvez precisássemos de uma presença permanente ali, até que os illyrianos se lembrassem de coisas como consequências.

Mas a guerra havia impactado a todos nós, e com a reconstrução, com os territórios humanos se expandindo para nos encontrar, com outros reis feéricos olhando para um mundo sem muralha e se perguntando até onde poderiam ir e sair ilesos... Não tínhamos os recursos para posicionar alguém ali. Ainda não. Talvez no verão seguinte, se o clima nos outros lugares estivesse calmo o bastante.

Os seguidores de Devlon se demoravam no ringue de treino mais próximo, observando Cassian e eu, da mesma forma que tinham feito durante toda a nossa vida. Como tínhamos massacrado muitos deles no Rito de Sangue tantos séculos atrás, eles ainda se mantinham afastados, mas... Foram os illyrianos que sangraram e lutaram nesse verão; que sofreram a maior parte das perdas ao enfrentar o pior de Hybern e do Caldeirão.

O fato de algum guerreiro ter sobrevivido já era um testemunho a favor de sua habilidade e da liderança de Cassian; mas com os illyrianos isolados e ociosos ali em cima, essa perda começava a se transformar em algo feio. Perigoso.

Nenhum de nós havia se esquecido de que, durante o reinado de Amarantha, algumas das tropas de guerra tinham se curvado alegremente a ela. E eu sabia que nenhum dos illyrianos tinha se esquecido de que passamos aqueles primeiros meses depois da queda de Amarantha caçando essas tropas desgarradas. E acabando com elas.

Sim, uma presença aqui era necessária. Porém mais tarde.

Devlon insistiu, cruzando os braços musculosos.

— Os meninos precisam de um bom Solstício depois de tudo que enfrentaram. Deixe as meninas darem isso a eles.

O canalha realmente sabia que armas empunhar, tanto físicas quanto verbais.

— Duas horas no ringue todas as manhãs — afirmou Cassian, com aquele tom severo que até eu sabia que não deveria forçar, a não ser que quisesse uma briga deflagrada. Ele não desviou do olhar de Devlon. — Os *meninos* podem ajudar a decorar, limpar e cozinhar. Eles têm duas mãos.

— Alguns têm — retorquiu Devlon. — Outros voltaram para casa sem uma delas.

Senti, mais do que vi, as palavras atingirem Cassian profundamente.

Era o custo de liderar meus exércitos: cada ferimento, morte, cicatriz... ele tomava todas como falhas pessoais. E estar perto daqueles guerreiros, ver membros amputados e ferimentos brutais que ainda se curavam ou jamais se curariam...

— Elas treinam por noventa minutos — falei, acalmando o poder sombrio que começara a correr em minhas veias conforme buscava um caminho em direção ao mundo, então enfiei as mãos frias nos bolsos. Cassian, sabiamente, fingiu parecer indignado, expandindo as asas largamente. Devlon abriu a boca, mas o interrompi antes que ele pudesse gritar algo realmente estúpido. — Uma hora e meia todas as manhãs, então elas fazem o trabalho doméstico, com os machos ajudando sempre que puderem. — Olhei na direção das tendas permanentes e das pequenas casas de pedra e madeira espalhadas pelo amplo desfiladeiro e para cima dos picos cobertos de árvores atrás de nós. — Não se esqueça de que um grande número de fêmeas, Devlon, também sofreu perdas. Talvez não tenham perdido a mão, mas maridos, filhos e irmãos estavam naqueles campos de batalha. Todos ajudam nos preparativos para o feriado e todos continuam treinando.

Indiquei Cassian com o queixo, gesticulando para que ele me seguisse para a casa do outro lado do acampamento, que mantínhamos como nossa base de operações semipermanente. Não havia superfície do lado de dentro onde eu não tivesse tomado Feyre — a mesa da cozinha era minha preferida, graças àqueles dias selvagens depois de firmarmos a parceria, quando eu mal conseguia ficar perto de Feyre sem estar enterrado nela.

Quanto tempo havia, quão distantes pareciam aqueles dias. Uma vida atrás.

Eu precisava de férias.

Neve e gelo estalaram sob nossas botas conforme seguimos para a estreita casa de pedra de dois andares, que ficava no limite das árvores.

Não queria férias para descansar ou para visitar algum lugar, mas apenas para passar mais do que um punhado de horas na mesma cama que minha parceira.

Para conseguir mais do que algumas horas para dormir *e* para me enterrar nela. Parecia ser uma coisa ou outra ultimamente. O que era completamente inaceitável. E tinha me deixado estúpido de inúmeras formas diferentes.

A semana passada tinha sido tão absurdamente atribulada, e eu estava tão desesperado pela sensação e pelo gosto de Feyre, que a tomei durante o voo da Casa do Vento até a casa da cidade. Bem sobre Velaris — para que todos vissem, não fosse pela proteção que conjurei; foram necessários movimentos cuidadosos. Eu vinha planejando durante meses tornar aquele um momento realmente especial, mas com ela contra mim daquela forma, sozinhos no céu, fora preciso apenas um olhar na direção daqueles olhos azul-acinzentados para que abrisse a calça da minha parceira.

Um momento depois, quando entrei em Feyre, quase nos lancei contra os telhados como um garoto illyriano. Feyre apenas riu.

Alcancei o clímax com o ruído rouco daquela risada.

Esse não foi o meu melhor momento, e eu não tinha dúvidas de que afundaria ainda mais antes que o Solstício de Inverno nos garantisse um dia de descanso.

Contive o desejo crescente até não passar de um rugido vago no fundo da mente, e não falei até Cassian e eu quase termos atravessado a porta de entrada de madeira.

— Mais alguma coisa que eu deva saber enquanto estou aqui? — Bati a neve das botas contra o portal e entrei na casa. Aquela mesa da cozinha estava bem no meio do cômodo de entrada. Reprimi a imagem de Feyre debruçada sobre o móvel.

Cassian exalou e bateu a porta atrás de si antes de fechar as asas e se recostar contra ela.

— A discórdia está crescendo. Com tantos clãs se reunindo para o Solstício, será uma oportunidade para que a espalhem ainda mais.

Uma faísca de meu poder fez uma fogueira rugir na lareira, e o pequeno cômodo do andar inferior se aqueceu rapidamente. Mal passava de um sussurro de magia, mas tê-la soltado aliviou aquela tensão quase constante de manter tudo o que eu era, todo aquele poder sombrio, controlado. Apoiei-me contra a maldita mesa e cruzei os braços.

— Já lidamos com essa merda antes. Vamos lidar de novo.

Cassian balançou a cabeça, os cabelos escuros na altura dos ombros brilhando à luz aquosa que entrava pelas janelas da frente.

— Não é como antes. Você, eu e Az... eles se ressentiam de nós pelo que somos, por quem somos. Mas desta vez... *nós* os mandamos para a batalha. *Eu* os mandei, Rhys. E agora não são apenas os canalhas guerreiros que estão resmungando, mas também as fêmeas. Elas acham que você e eu os fizemos marchar para o sul como retaliação pelo tratamento que recebemos quando crianças; acham que posicionamos especificamente alguns dos machos nas linhas de frente como vingança.

Não era bom. Não era nada bom.

— Precisamos lidar com isso com cautela, então. Descobrir de onde vem esse veneno e dar fim a ele... pacificamente — elucidei quando Cassian ergueu as sobrancelhas. — Não podemos sair matando para nos livrar disto.

Cassian coçou o maxilar.

— Não, não podemos. — Não seria como caçar aquelas tropas de guerra desgarradas que aterrorizavam qualquer um em seu caminho. Não mesmo.

Ele avaliou a casa escura, o fogo crepitando na lareira, onde tínhamos visto minha mãe cozinhar tantas refeições durante nosso treinamento. Uma dor antiga e familiar encheu meu peito. Essa casa inteira, cada centímetro dela, estava cheia do passado.

— Muitos deles virão para o Solstício — prosseguiu Cassian. — Posso ficar aqui, de olho nas coisas. Talvez dar presentes às crianças, a algumas das esposas. Coisas de que precisam de verdade, mas são orgulhosos demais para pedir.

Era uma boa ideia. Mas...

— Isso pode esperar. Quero você em casa para o Solstício.

— Eu não me importo...

— Quero você em casa. Em Velaris — acrescentei quando ele abriu a boca para cuspir alguma baboseira legalista illyriana em que ainda acreditava, mesmo depois de ter sido tratado como um nada durante a vida inteira. — Vamos passar o Solstício juntos. Todos nós.

Mesmo que eu precisasse dar a eles uma ordem direta como Grão-Senhor para que o fizessem.

Cassian inclinou a cabeça.

— O que está irritando você?

— Nada.

De modo geral, eu tinha pouco do que reclamar. Levar minha parceira para a cama regularmente não era, em geral, um assunto urgente. Ou do interesse de ninguém além do nosso.

— Um pouco de tensão acumulada, Rhys?

Era evidente que ele enxergava exatamente o que era.

Suspirei, franzindo a testa para o antigo teto salpicado de fuligem. Tínhamos comemorado o Solstício nessa casa também. Minha mãe sempre tinha presentes para Azriel e Cassian. O primeiro Solstício que compartilhamos ali fora o primeiro em que Cassian recebera *qualquer* tipo de presente, de Solstício ou não. Eu ainda conseguia ver as lágrimas que ele tentara esconder ao abrir os presentes, e as lágrimas nos olhos de minha mãe ao assistir.

— Quero pular logo para a semana que vem.

— Tem certeza de que esse seu poder não pode fazer isso por você?

Lancei um olhar seco na direção do guerreiro. Cassian apenas me devolveu um sorriso arrogante.

Jamais deixei de me sentir grato por eles — meus amigos, minha família, que olhavam para meu poder e não recuavam, não se deixavam dominar por medo. Sim, eu poderia matá-los de susto às vezes, mas *todos* fazíamos isso uns com os outros. Cassian me apavorara mais vezes do que eu gostaria de admitir, uma delas há apenas poucos meses.

Duas vezes. Duas vezes em questão de semanas.

Eu ainda o via sendo arrastado por Azriel para fora daquele campo de batalha, com sangue escorrendo pelas pernas e caindo na lama, o ferimento como uma boca aberta que cortava o centro do corpo.

E eu ainda o via como Feyre o vira — depois de ela ter me permitido entrar em sua mente para revelar o que exatamente tinha acontecido entre suas irmãs e o rei de Hybern. Ainda via Cassian, destruído e sangrando no chão, implorando a Nestha para que fugisse.

Ele ainda não tinha falado a respeito daquilo. A respeito do que ocorrera naqueles momentos. A respeito de Nestha.

Cassian e a irmã de minha parceira sequer falavam um com o outro.

Nestha conseguira se enclausurar em algum apartamento decrépito do outro lado do Sidra, recusando-se a interagir com qualquer um de nós, exceto por algumas breves visitas a Feyre todo mês.

Eu precisaria encontrar uma forma de consertar aquilo também.

Eu via como isso corroía Feyre. Eu ainda a confortava quando ela acordava desesperada após ter pesadelos a respeito daquele dia, em Hybern, em que suas irmãs foram Feitas contra a vontade delas. Pesadelos com o momento em que Cassian estava perto da morte, e Nestha, caída sobre ele, protegendo-o daquele golpe mortal, e Elain — *Elain* — pegara a adaga de Azriel e matara o rei de Hybern no lugar dela.

Esfreguei as sobrancelhas com o polegar e o indicador.

— Está difícil agora. Estamos todos ocupados, todos tentando manter tudo em ordem. — Az, Cassian e eu tínhamos mais uma vez adiado nossos cinco dias anuais de caça no chalé nesse outono. Adiado para o ano que vem... de novo. — Venha para casa para o Solstício, e podemos nos sentar e pensar em um plano para a primavera.

— Parece um evento festivo.

Com minha Corte dos Sonhos, sempre era.

Mas me obriguei a perguntar:

— Devlon é um dos potenciais rebeldes?

Rezava para que não fosse verdade. Eu me ressentia do macho e de sua relutância, mas ele tinha sido justo com Cassian, Azriel e comigo sob sua vigilância. E tinha nos tratado com os mesmos direitos de guerreiros illyrianos de puro sangue. Ainda fazia isso por todos os bastardos sob seu comando. Era sua ideia absurda em relação às fêmeas que me fazia querer estrangulá-lo. Vaporizá-lo. Mas se precisasse ser substituído, só a Mãe sabia quem assumiria a posição.

Cassian balançou a cabeça.

— Acho que não. Devlon cala qualquer conversa desse tipo. Mas isso apenas torna tudo ainda mais secreto, o que dificulta descobrir quem está espalhando essas porcarias por aí.

Assenti, ficando de pé. Eu tinha uma reunião em Cesere com as duas sacerdotisas que sobreviveram ao massacre de Hybern do ano passado a respeito de como lidar com os peregrinos que queriam vir de fora de nosso território. Chegar atrasado não ajudaria em nada meus argumentos para adiar tal coisa até a primavera.

— Fique de olho nisso durante os próximos dias, então volte para casa. Quero você lá duas noites antes do Solstício. E no dia seguinte.

Um indício de sorriso malicioso surgiu no rosto do guerreiro.

— Presumo que nossa tradição do dia do Solstício ainda esteja valendo, então. Apesar de você agora ser um macho maduro, com uma parceira e tal.

Pisquei um olho para ele.

— Odiaria que vocês, bebês illyrianos, sentissem minha falta.

Cassian riu. Havia, de fato, algumas tradições de Solstício que jamais se tornavam cansativas, mesmo depois dos séculos. Eu estava quase na porta quando o illyriano falou novamente.

— Ela... — Cassian engoliu em seco.

Poupei a ele o desconforto de tentar mascarar o interesse.

— As duas irmãs estarão na casa. Queiram elas ou não.

— Nestha vai tornar as coisas desagradáveis se decidir que não quer estar lá.

— Ela vai estar — afirmei, trincando os dentes —, e será agradável. Ela deve isso a Feyre.

Os olhos de Cassian brilharam.

— Como ela está?

Não me incomodei em florear a resposta.

— Nestha é Nestha. Ela faz o que quer, mesmo que isso deixe a irmã arrasada. Ofereci diversos empregos a ela, e Nestha recusa todos. — Puxei o ar entre os dentes. — Talvez você consiga colocar algum juízo naquela cabeça durante o Solstício.

Os Sifões sobre as mãos de Cassian se acenderam.

— Isso provavelmente acabaria em violência.

De fato, acabaria.

— Então não diga uma palavra a ela. Não me importo... apenas mantenha Feyre fora disso. É o dia dela também.

Porque esse Solstício... aconteceria no aniversário dela. Vinte e um anos.

Naquele momento, me dei conta do quanto esse número era pequeno.

*Minha linda, forte e destemida parceira, presa a mim...*

— Sei o que essa expressão significa, seu idiota, e é um monte de bosta — disse Cassian, em tom áspero. — Ela ama você, de um jeito que jamais vi alguém amar outra pessoa.

— É difícil me lembrar de que ela escolheu ficar comigo — admiti, encarando o campo coberto de neve lá fora, os ringues de treinamento e as residências além deles. — Que me escolheu. Não foi como meus pais, forçados a ficar juntos.

O rosto de Cassian ficou incomumente sério, e ele permaneceu calado por um momento antes me responder.

— Fico com inveja, às vezes. Jamais me ressentiria de você por sua felicidade, mas o que vocês dois têm, Rhys... — Ele passou a mão pelo cabelo, e o Sifão carmesim reluziu na claridade que atravessava a janela. — São as lendas, as mentiras que nos contam quando somos crianças. Sobre a glória e as maravilhas do laço de parceria. Achei que fosse tudo baboseira... Até vocês dois aparecerem.

— Ela vai fazer vinte e um anos. *Vinte e um*, Cassian.

— E daí? Sua mãe tinha dezoito e seu pai tinha novecentos.

— E ela foi infeliz.

— Feyre não é sua mãe. E você não é seu pai. — Ele me olhou de cima a baixo. — Por que está falando isso? As coisas... não estão boas?

O oposto, na verdade.

— Tenho a sensação de que é tudo algum tipo de piada — expliquei, dando um passo para o lado e fazendo com que as tábuas de madeira antigas rangessem sob minhas botas. Meu poder era algo vivo se contorcendo, espreitando nas veias. — Algum tipo de truque cósmico, e que ninguém, *ninguém*, pode ser tão feliz assim e não pagar por isso.

— Você já pagou por isso, Rhys. Vocês dois. Além da conta.

Gesticulei com a mão.

— Eu só... — parei de falar, incapaz de terminar o pensamento.

Cassian me encarou por um longo momento.

Então atravessou a distância entre nós, me puxando em um abraço tão forte que mal consegui respirar.

— Você conseguiu. *Nós* conseguimos. Vocês dois aturaram tanto que ninguém os culparia se saíssem dançando em direção ao pôr do sol como Miryam e Drakon e jamais se preocupassem com outra coisa novamente. Mas estão se preocupando, os dois ainda estão trabalhando para fazer essa paz durar. *Paz,* Rhys. Nós temos *paz,* e do tipo verdadeiro. Aproveite, aproveitem um ao outro. Você pagou a dívida antes mesmo de haver uma.

Minha garganta se apertou e eu o abracei com força por cima das asas, meus dedos se enterrando nas escamas do couro.

— E você? — perguntei, me afastando depois de um momento. — Está... feliz?

Sombras escureceram os olhos avelã de Cassian.

— Estou chegando lá.

Uma resposta desmotivada.

Eu precisaria trabalhar naquilo também. Talvez houvesse fios a serem puxados e tecidos.

Cassian indicou a porta com o queixo.

— Vá, seu canalha. Vejo você em três dias.

Assenti, finalmente abrindo a porta. Mas parei sob o batente.

— Obrigado, irmão.

O sorriso torto de Cassian estava alegre, mesmo que aquelas sombras ainda tremeluzissem em seus olhos.

— É uma honra, meu senhor.

# Capítulo 3

*Cassian*

Cassian não estava completamente seguro de que poderia lidar com Devlon e seus guerreiros sem esganá-los. Pelo menos não durante a próxima hora ou mais.

E como isso não ajudaria em nada a abafar os murmúrios de descontentamento, ele esperou até Rhys ter atravessado para a neve e para o vento antes de desaparecer também.

Não atravessando, embora essa pudesse ser uma arma e tanto contra inimigos na batalha. Cassian vira Rhys fazer isso e ter resultados devastadores. Az também — da forma estranha com que conseguia se mover pelo mundo *sem* tecnicamente atravessar.

Ele jamais perguntara. Azriel certamente jamais explicaria.

Mas Cassian não se incomodava com o próprio jeito de se locomover: voando. Certamente lhe serviria bem o bastante na batalha.

Depois de sair pela porta da frente da antiga casa de madeira de uma forma que Devlon e os outros canalhas nos ringues de treino o vissem, Cassian fez questão de se exibir enquanto se esticava. Primeiro os braços, musculosos e ainda coçando para acertar alguns rostos illyrianos; então as asas, maiores e mais largas do que as deles. Sempre se ressentiram daquilo, talvez mais do que qualquer outra coisa. Cassian as abriu até que a tensão nos poderosos músculos e nas cartilagens parecesse uma queimação agradável, as asas projetando longas sombras na neve.

E com uma batida poderosa, ele disparou para o céu cinza.

O vento era como um rugido ao redor de Cassian; a temperatura estava fria o bastante para que seus olhos ficassem marejados. Estimulante... Libertador. Ele voou mais alto, então desviou para a esquerda, mirando os picos atrás do desfiladeiro do acampamento. Não havia necessidade de fazer uma varredura de aviso sobre Devlon e os ringues de treino.

Ignorá-los e passar a mensagem de que não eram importantes o suficiente para sequer serem considerados uma ameaça eram formas muito melhores de irritá-los. Rhys ensinara isso a ele. Há muito tempo.

Ao pegar uma corrente ascendente que o lançou sobre os picos mais próximos e então para o infinito labirinto de montanhas coberto de neve que constituía seu lar, Cassian inspirou fundo. Os couros de voo e as luvas o mantinham aquecido o bastante, mas suas asas, expostas ao vento gelado... O frio era afiado como uma faca.

Ele conseguia se proteger com os Sifões, já fizera isso antes. Mas, naquela manhã, queria o frio cortante.

Principalmente por causa do que estava prestes a fazer. Para onde estava indo.

Conheceria o caminho até vendado, apenas ouvindo o vento entre as montanhas, inalando o cheiro dos picos encrustados de pinheiros abaixo, os campos rochosos estéreis.

Era raro que Cassian fizesse a caminhada. Em geral só a fazia quando seu temperamento estava prestes a explodir, mas ainda lhe restava bastante controle para saber que precisava sair por algumas horas. Aquele dia não era exceção.

Ao longe, silhuetas escuras disparavam pelo céu. Guerreiros patrulhando. Ou talvez escoltas armadas levando famílias para suas respectivas reuniões de Solstício.

A maioria dos Grão-Feéricos acreditava que os illyrianos eram a maior ameaça naquelas montanhas.

Não percebiam que coisas muito piores espreitavam entre os picos. Algumas caçando aos ventos, outras rastejando para fora de cavernas profundas na própria rocha.

Feyre se aventurara a enfrentar algumas dessas criaturas nas florestas de pinheiros das estepes illyrianas. Para salvar Rhys. Cassian se perguntava se o irmão havia contado a ela o que habitava as montanhas. A maior parte fora morta pelos illyrianos, ou fugira para as estepes. Mas as mais espertas, as mais antigas... tinham encontrado formas de se esconder. De emergir nas noites sem lua para se alimentar.

Mesmo cinco séculos de treino não conseguiram impedir o frio que desceu pela coluna de Cassian quando o guerreiro avaliou as montanhas vazias e silenciosas abaixo, perguntando-se o que dormiria sob a neve.

Ele rumou para o norte, tirando o pensamento da mente. No horizonte, uma forma familiar se tornou nítida, ficando maior a cada batida de asas.

Ramiel. A montanha sagrada.

O coração não apenas de Illyria, mas de toda a Corte Noturna.

Ninguém era permitido naquelas encostas estéreis e rochosas — exceto os illyrianos e, ainda assim, apenas uma vez por ano. Durante o Rito de Sangue.

Cassian voou na direção da montanha, incapaz de resistir aos chamados antigos de Ramiel. Diferente — a montanha era tão diferente da presença estéril e terrível do pico solitário no centro de Prythian. Ramiel sempre parecera viva, de alguma forma. Desperta e vigilante.

Ele havia colocado os pés nela apenas uma vez, naquele último dia do Rito, quando Cassian e os irmãos, ensanguentados e surrados, tinham escalado a encosta para chegar ao monólito ônix no cume. Ele ainda conseguia sentir a rocha desabando sob as botas e ouvir o fôlego áspero da respiração conforme quase puxava Rhys encosta acima, com Azriel fornecendo cobertura atrás. Como um, os três tinham tocado a pedra — os primeiros a chegar ao pico no fim daquela semana brutal. Os vencedores incontestáveis.

O Rito não tinha mudado ao longo dos séculos desde então. No início de cada primavera, ainda acontecia. Centenas de candidatos a guerreiros se espalhavam pelas montanhas e florestas que cercavam o pico; o território permanecia fora dos limites durante o restante do ano para evitar que os candidatos fizessem reconhecimento antecipado dos melhores trajetos e dos locais de armadilhas. Havia diversas etapas classificatórias ao longo de meses para provar o quanto um candidato estava apto, variando um pouco de acordo com o acampamento. Mas as regras permaneciam as mesmas.

Todos os candidatos competiam com as asas atadas, sem Sifões — um feitiço continha toda a magia — e sem nenhum suprimento além das roupas do corpo. O objetivo: chegar ao cume da montanha ao fim daquela semana e tocar a pedra. Os obstáculos: a distância, as armadilhas naturais e os próprios candidatos contra os outros. Antigas disputas se acirravam; outras nasciam. Contas eram acertadas.

*Uma semana de derramamento de sangue inútil*, insistia Az.

Rhys costumava concordar, embora *também* costumasse concordar com o argumento de Cassian: o Rito de Sangue oferecia uma válvula de escape para tensões perigosas dentro da comunidade illyriana. Melhor acertá-las durante o Rito a arriscar uma guerra civil.

Illyrianos eram fortes, orgulhosos, destemidos. Mas pacificadores... isso eles não eram.

Talvez Cassian tivesse sorte. Talvez o Rito dessa primavera aliviasse parte do descontentamento. Pelo inferno, ele se ofereceria para participar *pessoalmente* se isso significasse silenciar os resmungos.

Mal tinham sobrevivido àquela guerra. Não precisavam de outra. Não com tantos fatores desconhecidos se reunindo fora de suas fronteiras.

Ramiel se elevou ainda mais, um caco de pedra perfurando o céu cinza. Linda e solitária. Eterna e imutável.

Não era à toa que o primeiro governante da Corte Noturna tinha tornado aquela sua insígnia. Junto com as três estrelas que só apareciam por um breve período todo ano, emoldurando o pico mais alto de Ramiel como uma coroa. Era durante essa janela de tempo que o Rito acontecia. O que viera primeiro — a insígnia ou o Rito —, Cassian não sabia. Jamais se importara de fato em descobrir.

As florestas coníferas e as ravinas que pontuavam a paisagem até o pé de Ramiel reluziam sob a neve fresca. Vazia e limpa. Nenhum sinal do derramamento de sangue do início da primavera.

A montanha se aproximou, poderosa e infinita, tão ampla que ele poderia muito bem ser uma mosca ao vento. Cassian voou na direção da face sul de Ramiel, subindo o bastante para ver um lampejo da pedra preta reluzente que se projetava do topo.

Ele também não sabia quem colocara aquela pedra no alto do pico. Dizia a lenda que já existia antes de a Corte Noturna se formar, antes de os illyrianos migrarem de Myrmidon, antes de os humanos sequer caminharem na Terra. Mesmo com a neve fresca envolvendo Ramiel, nenhum floco tocara o pilar de pedra.

Uma emoção gélida, porém não indesejável, inundou as veias do guerreiro.

Era raro que qualquer um no Rito de Sangue chegasse ao monólito. Desde que Cassian e os irmãos tinham feito isso, cinco séculos antes, ele só conseguia se lembrar de uma dúzia ou pouco mais que não apenas chegara à montanha, mas também sobrevivera à escalada. Depois de uma semana lutando, correndo e precisando encontrar e fazer as próprias armas e comida, aquela escalada era pior do que todos os horrores antes dela. Era o verdadeiro teste de vontade, de coragem. Escalar quando não lhe restava mais nada; escalar quando seu corpo implorava para que parasse... Era quando a destruição costumava acontecer.

Mas no momento em que Cassian tocou o monólito ônix, no momento em que sentiu aquela força antiga cantar em seu sangue no segundo antes de a pedra mandá-lo de volta para a segurança do acampamento de Devlon... Valera a pena. Sentir aquilo.

Com uma reverência solene para Ramiel e a pedra viva no alto dela, Cassian pegou outro vento ágil e voou para o sul.

O voo de uma hora o fez se aproximar de outro pico familiar.

Um que ninguém além dele e de seus irmãos se incomodava em visitar. O que ele tanto precisava ver e sentir naquele dia.

Certa vez, fora um acampamento tão atribulado quanto o de Devlon.

Certa vez. Antes de um bastardo ter nascido em uma tenda gélida e solitária nos arredores da aldeia. Antes de terem atirado uma jovem mãe solteira na neve apenas dias depois de dar à luz, com o bebê nos braços. E então tomado aquele bebê anos mais tarde, jogando-o à lama no acampamento de Devlon.

Cassian aterrissou na extensão plana do desfiladeiro da montanha, os bancos de neve mais altos do que em Refúgio do Vento escondendo qualquer vestígio da aldeia que se erguera ali.

Apenas cinzas e escombros restavam.

Cassian se certificara disso.

Quando os responsáveis pelo sofrimento e pela tortura da mulher, enfim, receberam o que mereciam, ninguém quis permanecer ali por mais um momento sequer. Não com os ossos quebrados e o sangue cobrindo cada superfície, manchando cada campo e ringue de treinamento. Então migraram, alguns se misturando a outros acampamentos, outros fazendo a própria vida em outro lugar. Ninguém jamais voltara.

Séculos depois, ele não se arrependia.

De pé na neve e ao vento, observando o vazio onde nascera, Cassian não se arrependia daquilo por um segundo.

A mãe dele sofrera em cada momento da vida curta demais. Apenas piorou depois que ela o pariu. Principalmente nos anos seguintes a Cassian ser levado.

E quando estivera forte e com idade suficiente para voltar e procurar por ela, sua mãe tinha morrido.

Recusaram-se a dizer onde a tinham enterrado. Se tinham dado tal honra a ela, ou se atiraram o corpo a um abismo de gelo para apodrecer.

Cassian ainda não sabia. Mesmo no momento dos últimos suspiros roucos daqueles que se certificaram de que ela jamais conhecesse felicidade alguma, eles se recusaram a contar a ele. Tinham cuspido em seu rosto e contado a Cassian cada coisa terrível que tinham feito a ela.

Ele queria tê-la enterrado em Velaris. Em algum lugar repleto de luz e calor, lotado de pessoas bondosas. Longe daquelas montanhas.

Cassian observou o desfiladeiro coberto de neve. As lembranças que tinha dali eram confusas: lama, e frio, e fogueiras pequenas demais. Mas conseguia se lembrar de uma voz suave e melódica, assim como de mãos carinhosas e finas.

Era tudo o que tinha dela.

Cassian passou as mãos pelos cabelos, seus dedos se prendendo nos nós emaranhados pelo vento.

Ele sabia por que fora até lá, por que sempre ia até lá. Apesar de toda a provocação de Amren por ser um illyriano bruto, Cassian conhecia a própria mente, o próprio coração.

Devlon era um senhor de acampamento mais justo do que a maioria. Mas para as fêmeas que tinham menos sorte, que eram caçadas ou exiladas, havia pouca misericórdia.

Então treinar aquelas mulheres, dar a elas os recursos e a confiança para revidar, para olhar além das lareiras do acampamento... era por ela. Pela mãe enterrada ali, talvez enterrada em lugar nenhum. Para que jamais acontecesse de novo. Para que seu povo, a quem ele ainda amava apesar dos defeitos, pudesse um dia ser algo *mais*. Algo melhor.

O túmulo sem marca e desconhecido naquele desfiladeiro era seu lembrete.

Cassian ficou parado em silêncio por longos minutos antes de voltar o olhar para o oeste. Como se pudesse ver até Velaris.

Rhys o queria em casa para o Solstício, e ele obedeceria.

Mesmo que Nestha...

Nestha.

Até mesmo nos pensamentos o nome ecoava por dentro dele, vazio e frio.

Aquele não era o momento de pensar nela. Não ali.

De todo modo, Cassian muito raramente se permitia pensar nela. Em geral, não acabava bem para quem quer que estivesse no ringue de luta com ele.

Ao abrir as asas vastamente, o guerreiro lançou um último olhar pelo acampamento que devastara até não restar nada. Outro lembrete: do que era capaz se forçado ao extremo.

Para tomar cuidado, mesmo quando Devlon e os demais o faziam querer urrar. Ele e Az eram os illyrianos mais poderosos em sua longa e sangrenta história. Usavam sete Sifões cada, algo sem precedentes, apenas para lidar com a onda de poder assassino bruto que possuíam. Era um dom e um fardo que Cassian jamais encarara como insignificante.

Três dias. Tinha três dias até precisar viajar para Velaris.

Tentaria fazer com que valessem.

# CAPÍTULO 4

*Feyre*

O Arco-Íris era um murmurinho de atividade, mesmo com os véus de neve caindo.

Grão-Feéricos e feéricos entravam e saíam das várias lojas e dos estúdios; alguns se empoleiravam em escadas para pendurar guirlandas de pinho e azevinho entre os postes de luz, outros varriam montes de neve reunidos às portas, alguns — sem dúvida artistas — ficavam apenas de pé nos paralelepípedos pálidos e giravam no lugar, os rostos erguidos para o céu cinza, os cabelos, a pele e as roupas salpicados de pó fino.

Desviei de uma dessas pessoas no meio da rua — um feérico com pele parecendo ônix reluzente e olhos como aglomerados rodopiantes de estrelas — e segui para uma pequena e linda galeria, a janela de vidro revelando uma variedade de pinturas e cerâmica. O lugar perfeito para fazer algumas compras para o Solstício. Uma guirlanda de sempre-verdes pendia na porta azul recém-pintada, sinos de latão tilintando no centro.

A porta: nova. A vitrine: nova.

Ambas tinham sido estilhaçadas e manchadas de sangue meses antes. Assim como aquela rua inteira.

Era um esforço não olhar para as pedras salpicadas de branco da rua, descendo até o sinuoso Sidra. Para o calçadão ao longo do rio, cheio de clientes e artistas, onde eu tinha ficado de pé meses antes para conjurar lobos daquelas águas dormentes. Sangue escorria por aqueles paralelepípedos então, e não havia canto e risos nas ruas, mas gritos e súplicas.

Inspirei profundamente, e o ar frio fez cócegas em minhas narinas. Devagar, soltei uma longa exalação, observando-a se condensar diante de mim. Ao fundo, também observei meu reflexo na vitrine da loja: eu mal estava reconhecível com o casaco cinza pesado e a echarpe verde e cinza que eu tinha roubado do armário de Mor, meus olhos arregalados e distantes.

Percebi um segundo depois que eu não era a única me encarando. Dentro da galeria, nada menos do que cinco pessoas estavam fazendo o possível para não me encarar enquanto olhavam a coleção de pinturas e cerâmica.

Minhas bochechas esquentaram, o coração batendo descompassado, e ofereci um sorriso contido antes de prosseguir.

Não importava que eu tivesse visto uma peça que me chamara a atenção. Não importava que eu *quisesse* entrar.

Mantive as mãos enluvadas aconchegadas nos bolsos do casaco conforme caminhava pela rua íngreme, atenta a meus passos nos paralelepípedos escorregadios. Embora Velaris tivesse muitos feitiços para manter os palácios, os cafés e as praças aquecidos durante o inverno, parecia que muitos deles haviam sido suspensos, como se todos ali quisessem sentir o beijo frio dessa primeira neve.

Eu tinha de fato desbravado a caminhada da casa da cidade até ali em vez de simplesmente atravessar ou voar, não apenas para inspirar o ar frio e nevado, mas também porque queria sentir a excitação crepitante daqueles que se preparavam para o Solstício.

Embora Rhys e Azriel ainda me dessem aulas sempre que podiam, embora eu realmente amasse voar, a ideia de expor as asas sensíveis ao frio me fazia estremecer.

Poucas pessoas me reconheceram conforme passei; meu poder estava firmemente contido, e a maioria estava preocupada demais com decorar ou aproveitar a primeira neve para reparar naqueles ao redor, de toda forma.

Um pequeno alívio, embora eu certamente não me importasse de ser abordada. Como Grã-Senhora, eu oferecia audiências semanais na Casa do Vento com Rhys. Os pedidos iam desde os pequenos — uma lâmpada de luz feérica quebrou — até os complicados — poderíamos, por favor, parar de importar mercadorias de outras cortes, já que isso estava impactando os artesãos locais?

Alguns eram assuntos com que Rhys já lidava havia séculos, mas ele jamais agia como se fosse o caso.

Não, ele ouvia cada petição, pedia mais detalhes, então os mandava embora com a promessa de enviar uma resposta em breve. Foram necessárias algumas sessões para eu pegar o jeito da coisa — as perguntas que ele usava, a *forma* como ouvia. Rhys não insistia que eu me colocasse a não ser que fosse necessário, e me dera espaço para entender o ritmo e o estilo daquelas audiências, até eu começar a fazer minhas próprias perguntas. Para então passar a escrever respostas aos suplicantes também. Rhys pessoalmente respondia a cada um deles. E agora eu também o fazia.

Por isso as pilhas sempre crescentes de papel em tantos cômodos da casa da cidade.

Como ele tinha conseguido ficar tanto tempo sem uma equipe de secretários ajudando, eu não fazia ideia.

Mas conforme desci lentamente a ladeira íngreme da rua, com os prédios nas cores alegres do Arco-Íris brilhando a meu redor como uma memória reluzente de verão, mais uma vez remoí o assunto.

Velaris não era, de forma alguma, pobre. O povo era em grande parte assistido, os prédios e as ruas eram bem mantidos. Ao que parecia, minha irmã tinha conseguido encontrar a única coisa relativamente próxima a um cortiço. E insistira em morar ali, em um prédio que era mais velho do que Rhys e que precisava urgentemente de reparos.

Havia apenas poucos quarteirões na cidade como aquele. Quando perguntei a Rhys a respeito deles, a respeito de por que não tinham sido melhorados, ele apenas disse que tinham tentado.

Mas desalojar pessoas enquanto os lares delas eram demolidos e reconstruídos... Complicado.

Não fiquei surpresa quando, dois dias antes, Rhys me entregou um pedaço de papel e perguntou se tinha mais alguma coisa que eu gostaria de acrescentar. No papel havia uma lista de caridades às quais ele doava na época do Solstício, desde as destinadas a ajudar os pobres, doentes e idosos até bolsas para que jovens mães começassem os próprios negócios. Acrescentei apenas dois itens, ambos para sociedades que eu tinha conhecido com meu próprio trabalho voluntário: doações aos humanos desalojados pela guerra contra Hybern, assim como para viúvas de guerreiros illyrianos e suas famílias. As quantias que alocávamos eram grandiosas, mais dinheiro que eu jamais tinha sonhado em possuir.

Houve uma época em que tudo o que eu queria era comida, dinheiro e tempo o bastante para pintar. Nada mais. Eu teria ficado feliz em deixar que minhas irmãs se casassem, em ficar e cuidar de meu pai.

Mas, além de meu parceiro, de minha família, além de ser Grã--Senhora — o mero fato de que eu agora morava *ali*, que podia caminhar por um quarteirão inteiro de artistas sempre que quisesse...

Outra avenida cortava a rua no meio da ladeira. Virei nela, as organizadas fileiras de casas, galerias e estúdios fazendo uma ligeira curva em meio à neve. Mas mesmo entre as cores alegres, havia trechos cinza, de vazio.

Eu me aproximei de um desses lugares evacuados: um prédio do qual metade havia desabado. A tinta verde-menta tinha se tornado cinzenta, como se a própria luz tivesse sangrado da cor conforme o prédio se desintegrava. De fato, os poucos prédios em torno dele também estavam foscos e rachados, e uma galeria do outro lado da rua estava fechada com tábuas.

Alguns meses antes, eu tinha começado a doar uma parte de meu salário — a ideia de receber algo do tipo ainda era completamente absurda — para reconstruir o Arco-Íris e ajudar os artistas do local, mas as cicatrizes permaneciam, tanto nos prédios quanto nos residentes.

E no monte de escombros cobertos de neve diante de mim. Quem tinha morado e trabalhado ali? Será que sobreviveram, ou foram assassinados no ataque?

Havia tantos lugares assim em Velaris. Eu os via em meu trabalho, enquanto entregava casacos de inverno e me encontrava com famílias em suas casas.

Expirei mais uma vez. Eu sabia que frequentemente me demorava mais que o normal nesses lugares. Sabia que deveria continuar, sorrindo como se nada me incomodasse, como se tudo estivesse bem. No entanto...

— Eles saíram a tempo — disse uma voz feminina atrás de mim.

Eu me virei, as botas deslizando nos paralelepípedos escorregadios. Ao esticar a mão para me equilibrar, agarrei a primeira coisa com que tive contato: um monte de rochas que tinha caído da casa destruída.

Mas foi a visão de quem estava atrás de mim, olhando para os escombros, que me fez abandonar qualquer vergonha.

Não tinha me esquecido dela nos meses que se seguiram ao ataque.

Não tinha me esquecido de tê-la avistado do lado de fora daquela loja, com um cano enferrujado erguido sobre um ombro em posição de ataque contra os soldados hybernianos reunidos, pronta para lutar pelo povo apavorado que estava do lado de dentro.

Um leve rubor brilhou lindamente em sua pele verde pálida, seus cabelos pretos descendo além da altura do peito. Ela estava protegida do frio com um casaco marrom e um cachecol rosa envolto no pescoço e na parte inferior do rosto, mas os longos e delicados dedos estavam sem luvas conforme ela cruzava os braços.

Feérica — e não de um tipo que eu via com muita frequência. O rosto e o corpo me lembravam dos Grão-Feéricos, embora as orelhas fossem mais finas, mais longas que as minhas. Era mais magra, esguia, mesmo com o casaco pesado.

Encarei seus olhos, que eram de um ocre vibrante que fez com que eu me perguntasse que tintas precisaria misturar e usar para capturar a semelhança deles, e ofereci um pequeno sorriso.

— Fico feliz por saber.

Silêncio recaiu, interrompido pela cantoria alegre de algumas pessoas no fim da rua e pelo vento soprando do Sidra.

A feérica apenas inclinou a cabeça.

— Senhora.

Eu me atrapalhei em busca de palavras, uma resposta digna de Grã-Senhora, mas ainda assim acessível, e não encontrei nada. Nada mesmo.

— Está nevando — disparei.

Como se os flocos brancos flutuando ao redor pudessem ser outra coisa.

A feérica inclinou a cabeça de novo.

— Está. — Ela sorriu para o céu, e a neve ficou presa em seu cabelo preto como nanquim. — E é uma bela primeira neve.

Observei a ruína atrás de mim.

— Você... você conhece as pessoas que moravam aqui?

— Conheço. Estão morando na fazenda de um parente nas planícies agora. — Ela indicou com a mão o mar distante, a extensão plana de terra entre Velaris e o litoral.

— Ah — consegui dizer, e em seguida indiquei com o queixo a loja coberta pelas tábuas do outro lado da rua. — E quanto àquela?

A feérica observou o lugar indicado. Sua boca, pintada de um rosa-cereja, se contraiu.

— Não foi um final tão feliz, sinto dizer.

A palma de minhas mãos ficou suada dentro das luvas de lã.

— Entendo.

Ela me encarou de novo, os cabelos sedosos esvoaçando em torno do rosto.

— Ela se chamava Polina. Essa galeria era dela. Havia séculos.

Agora era uma casca escura, silenciosa.

— Sinto muito — falei, incerta do que mais oferecer.

As sobrancelhas finas e escuras da feérica se uniram.

— Por que deveria? — E então acrescentou: — Minha senhora.

Mordi o lábio. Discutir tais coisas com estranhos... Talvez não fosse uma boa ideia. Ignorei a pergunta.

— Ela tem família? — Eu esperava que tivessem sobrevivido, ao menos.

— Moram nas planícies também. A irmã, as sobrinhas e os sobrinhos. — A feérica mais uma vez estudou a fachada coberta com tábuas. — Está à venda agora.

Pisquei, entendendo a oferta implícita.

— Ah... ah, eu não estava perguntando por *esse* motivo. — Nem mesmo passara por minha cabeça.

— Por que não?

Uma pergunta sincera, simples. Talvez mais direta do que a maioria das pessoas, principalmente aqueles que não me conheciam, se atreveria a ser comigo.

— Eu... que utilidade eu teria para a galeria?

A feérica gesticulou para mim com a mão, um movimento sem esforço e gracioso.

— Há rumores de que você é uma bela artista. Consigo pensar em muitos usos para o espaço.

Virei o rosto, me odiando um pouco por isso.

— Não estou no mercado, na verdade.

A feérica deu de ombros.

— Bem, de qualquer forma, não precisa sair à espreita por aqui. Todas as portas estão abertas para você, sabe.

— Como Grã-Senhora? — ousei perguntar.

— Como uma de nós — respondeu ela, simplesmente.

As palavras se assentaram, estranhas, mas como um pedaço que eu não sabia que estava faltando. A oferta de uma mão que não percebi o quanto queria segurar.

— Sou Feyre — falei, tirando a luva e estendendo o braço.

A feérica apertou meus dedos; um aperto forte como aço, apesar da compleição esguia.

— Ressina. — Não era alguém afeita a sorrisos excessivos, mas ainda assim era cheia de um tipo de acolhimento prático.

Os sinos do meio-dia soaram em uma torre no limite do Arco-Íris, e o som logo ecoou pela cidade nas outras torres irmãs.

— Eu deveria ir — informei, soltando a mão de Ressina e recuando um passo. — Foi bom conhecer você. — Enfiei a luva de novo, meus dedos já doendo por causa do frio. Talvez eu devesse tirar um tempo nesse inverno para dominar meus dons do fogo mais precisamente. Aprender como aquecer roupas e pele sem me queimar seria muito útil.

Ressina apontou para um prédio no fim da rua, do outro lado do cruzamento pelo qual eu acabara de passar. O mesmo prédio que ela defendera, com as paredes pintadas na cor de framboesa, e as portas e janelas de um turquesa forte, como a água em torno de Adriata.

— Sou uma das artistas que usa o espaço daquele estúdio ali. Se em algum momento quiser um guia, ou até mesmo uma companhia, estou ali na maioria dos dias. Moro em cima do estúdio. — Um gesto elegante na direção das minúsculas janelas redondas no segundo andar.

Levei a mão ao peito.

— Obrigada.

Mais uma vez, o silêncio tomou conta. Observei aquela loja, a porta diante da qual Ressina ficara de pé guardando o lar dela e de outros.

— Nós nos lembramos, sabe — comentou a feérica, baixinho, atraindo meu olhar. Mas a atenção dela tinha recaído sobre os escombros atrás de nós, no estúdio fechado por tábuas, na rua, como se ela também pudesse ver através da neve o sangue que tinha corrido entre os paralelepípedos. — Lembramos que você veio em nosso socorro naquele dia.

Eu não sabia o que fazer com meu corpo, minhas mãos, então preferi ficar parada.

Ressina encontrou meu olhar por fim, com os olhos ocre brilhando.

— Nós ficamos afastados para lhe dar privacidade, mas não pense nem por um segundo que há um de nós que não saiba ou não se lembre, que não se sinta grato por você ter vindo até aqui e lutado por nós.

Ainda assim, não bastara. O prédio arruinado atrás de mim era prova disso. Pessoas tinham morrido de qualquer forma.

Ressina deu alguns passos demorados na direção do estúdio, então parou.

— Há um grupo que se reúne para pintar em meu estúdio. Uma noite por semana. Vamos nos encontrar em dois dias. Seria uma honra se você se juntasse a nós.

— O que eles pintam? — Minha pergunta saiu suave como a neve que caía além de nós.

Ressina deu um leve sorriso.

— As coisas que precisam ser contadas.

☙

Mesmo com o congelante fim de tarde descendo sobre Velaris, as pessoas lotavam as ruas, cheias de bolsas e caixas, algumas carregando enormes cestas de frutas de uma das muitas barracas que ocupavam cada Palácio.

Com o capuz forrado de pele me protegendo do frio, vasculhei as carroças de vendas e as vitrines das lojas no Palácio de Linhas e Joias, procurando estas últimas, em grande parte.

Algumas das áreas públicas permaneciam aquecidas, mas o suficiente de Velaris já tinha sido temporariamente exposto ao vento gélido, o que fazia com que eu desejasse ter escolhido um casaco mais pesado naquela manhã. Aprender a me aquecer sem conjurar chamas seria de fato útil. Se algum dia eu tivesse tempo de fazer isso.

Eu estava voltando para uma vitrine em uma das lojas de rua, construídas no primeiro andar de alguns prédios, quando um braço se entrelaçou ao meu.

— Amren amaria você para sempre se comprasse para ela uma safira desse tamanho — cantarolou Mor.

Soltei uma risada, puxando o capuz o suficiente para vê-la por completo. As bochechas de Mor estavam vermelhas devido ao frio, e os cabelos dourados trançados caíam na pele branca que forrava seu manto.

— Infelizmente, não acho que nossos cofres sentiriam o mesmo.

Ela deu um risinho.

— Você *sabe* que nós vivemos confortavelmente, não sabe? Poderia encher uma banheira dessas coisas — ela indicou com o queixo a safira do tamanho de um ovo na loja de joias — e mal faria diferença em nossas contas.

Eu sabia. Tinha visto as listas de bens. Ainda não conseguia apreender a imensidão da riqueza de Rhys. *Minha* riqueza. Não pareciam reais, aqueles números e cifras. Como se fosse dinheiro de mentira para criança brincar. Eu só comprava o que precisava.

Mas agora...

— Estou procurando alguma coisa para dar a ela pelo Solstício.

Mor avaliou a fileira de joias na vitrine, tanto brutas quanto lapidadas. Algumas brilhavam como estrelas cadentes. Outras eram incandescentes, como se tivessem sido escavadas do coração em chamas da terra.

— Amren merece mesmo um presente decente este ano, não é?

Depois do que tinha feito durante a batalha final para destruir os exércitos de Hybern, a escolha de permanecer ali...

— Todos merecemos.

Mor me cutucou com o cotovelo, embora os olhos castanhos estivessem brilhando.

— E acha que Varian vai se juntar a nós?

Ri com escárnio.

— Quando perguntei ontem, ela desconversou.

— Acho que isso quer dizer que sim. Ou ele pelo menos visitará *Amren*.

Sorri ao pensar nisso e puxei Mor para a vitrine seguinte, encostando na lateral de seu corpo em busca de calor. Amren e o príncipe de Adriata não tinham oficialmente declarado nada, mas eu, às vezes, me lembrava daquilo também — do momento em que ela abandonara a pele imortal e Varian caíra de joelhos.

Uma criatura de chamas e enxofre, feita em outro mundo para distribuir o julgamento de um deus cruel, para ser sua carrasca sobre as massas de mortais indefesos. Quinze mil anos, ela ficara presa neste mundo.

E não tinha amado, não da forma que poderia mudar a história, mudar o destino... até surgir aquele príncipe de cabelos prateados de Adriata. Ou ao menos amado da forma como Amren era capaz de amar qualquer coisa.

Então, não, não havia nada declarado entre os dois. Mas eu sabia que ele a visitava secretamente aqui em Velaris. Em grande parte porque, em algumas manhãs, Amren entrava passeando pela casa da cidade sorrindo de orelha a orelha.

Mas por tudo que ela estivera disposta a abrir mão para que nós pudéssemos ser salvos...

Mor e eu vimos a peça na vitrine ao mesmo tempo.

— Aquela — afirmou ela.

Eu já estava seguindo para a porta, e um sino prateado soou alegremente quando entramos.

A dona da loja arregalou os olhos, mas permaneceu sorridente conforme apontamos para a peça. Ela rapidamente dispôs a joia sobre uma almofada de veludo preto e deu uma desculpa gentil de que pegaria algo nos fundos para nos dar privacidade enquanto examinávamos a peça diante do balcão de madeira polida.

— É perfeita — sussurrou Mor, vendo as pedras refratarem a luz e queimarem com o próprio fogo interior.

Passei um dedo pela moldura de prata fria.

— O que *você* quer de presente?

Mor deu de ombros. O pesado casaco marrom ressaltava o tom forte de terra de seus olhos.

— Tenho tudo de que preciso.

— Tente dizer isso a Rhys. Ele diz que o Solstício não é sobre ganhar presentes de que você *precisa*, mas aqueles que jamais compraria para si mesma. — Mor revirou os olhos. Embora eu estivesse disposta a fazer o mesmo, insisti: — Então, o que você *quer*?

Ela passou o dedo por uma pedra lapidada.

— Nada. Eu... não tem nada que eu queira.

Além das coisas que ela talvez não estivesse pronta para pedir nem para buscar.

— Você tem ido bastante ao Rita's ultimamente. Tem alguém que gostaria de convidar para o jantar de Solstício? — perguntei, tentando parecer casual, enquanto examinava a joia mais uma vez.

— Não. — Os olhos de Mor se semicerraram.

Era escolha dela quando e como informaria aos outros o que havia me contado durante a guerra. Quando e como contaria a Azriel, principalmente.

Meu único papel naquilo era ficar ao lado de Mor, dar apoio quando ela precisasse.

— O que *você* vai dar para os outros? — prossegui.

Ela fez uma careta.

— Depois de séculos de presentes, é uma dor de cabeça e tanto encontrar algo novo para todos eles. Tenho quase certeza de que Azriel tem uma gaveta cheia com todas as adagas que já comprei para ele ao longo dos séculos e que é educado demais para jogar fora, mas jamais usará.

— Realmente acha que ele abriria mão de Reveladora da Verdade?

— Ele a deu para Elain — falou Mor, admirando um colar de pedra da lua na caixa de vidro do balcão.

— Ela a devolveu — corrigi, fracassando em bloquear a imagem da lâmina preta perfurando o pescoço do rei de Hybern. Mas Elain a *tinha* devolvido, colocado a arma nas mãos de Azriel depois da batalha, exatamente como ele a colocara nas mãos de minha irmã antes. E então dera as costas sem olhar para trás.

Mor murmurou consigo mesma. A joalheira voltou um momento depois, e eu assinei a compra com minha conta de crédito pessoal, tentando não me encolher diante da imensa soma em dinheiro que simplesmente havia desaparecido com o toque de uma caneta dourada.

— E por falar em guerreiros illyrianos — comecei, enquanto caminhávamos para a apinhada praça do Palácio e dávamos a volta em uma carroça pintada de vermelho que vendia canecas de chocolate derretido e fumegante —, que porcaria de presente eu *devo* comprar para os dois?

Não tive a coragem de perguntar o que eu deveria comprar para Rhys, porque apesar de adorar Mor, parecia *errado* pedir conselhos a outra pessoa sobre o que comprar para meu parceiro.

— Você *poderia* realmente comprar para Cassian uma nova faca e ele lhe daria um beijo por isso. Mas Az provavelmente preferiria não ganhar presente algum, apenas para evitar a atenção ao abri-lo.

Gargalhei.

— Verdade.

De braços dados, prosseguimos, os aromas de avelãs tostando, pinhas e chocolate substituindo o habitual cheiro de sal e verbena-limão que preenchia a cidade.

— Planeja visitar Viviane durante o Solstício?

Nos meses após a guerra, Mor permanecera em contato com a Senhora da Corte Invernal — em breve *Grã*-Senhora, talvez, se Viviane conseguisse fazer algo a respeito disso. Elas eram amigas havia séculos, até o reinado de Amarantha cortar o contato das duas... Embora a guerra contra Hybern tivesse sido brutal, uma das coisas boas que viera dela fora a retomada da amizade entre Mor e Viviane. Rhys e Kallias tinham uma aliança ainda morna, mas parecia que o relacionamento de Mor com a parceira do Grão-Senhor da Corte Invernal seria a ponte entre nossas duas cortes.

Minha amiga deu um sorriso caloroso.

— Talvez um ou dois dias depois. A comemoração deles dura a semana inteira.

— Você já esteve lá nesse período?

Um aceno negativo de cabeça, os cabelos dourados reluzindo nas lâmpadas de luz feérica.

— Não, eles costumam manter as fronteiras fechadas, até mesmo para os amigos. Mas com Kallias agora no poder, e principalmente com Viviane ao seu lado, estão começando a se abrir mais.

— Posso só imaginar como são as comemorações por lá.

Os olhos de Mor brilharam.

— Viviane me contou sobre elas uma vez. Fazem a nossa parecer realmente chata. Dançar, e beber, e se banquetear, e dar presentes. Fogueiras estrondosas feitas de troncos de árvores inteiros, caldeirões de vinho quente, a cantoria de mil trovadores fluindo pelo palácio, correspondida pelos sinos soando nos grandes trenós puxados por aqueles lindos ursos brancos. — Ela suspirou. Eu também, enquanto a imagem que Mor criara pairava no ar congelado entre nós.

Em Velaris, comemoraríamos a noite mais longa do ano. No território de Kallias, ao que parecia, eles comemorariam o próprio inverno.

O sorriso de Mor se desfez.

— Eu vim atrás de você por um motivo, sabe.

— Não só para fazer compras?

Ela me cutucou.

— Nós temos que partir para a Cidade Escavada esta noite.

— *Nós* como em todos nós? — Estremeci.

— Você, Rhys e eu, no mínimo.

Contive um resmungo.

— Por quê?

Mor parou diante de uma barraca, examinando as echarpes cuidadosamente dobradas em exibição.

— Tradição. Perto do Solstício, fazemos uma visitinha à Corte dos Pesadelos para desejar o bem a eles.

— Sério?

Mor fez uma careta, assentindo para o vendedor e prosseguindo.

— Como eu disse, tradição. Para cultivar a bondade. Ou o quanto temos dela. E depois da batalha deste verão, não faria mal.

Keir e seu exército Precursor da Escuridão tinham lutado, afinal de contas.

Abrimos caminho pelo centro densamente tumultuado do Palácio, passando por baixo de uma treliça de luzes feéricas que começavam a despertar e piscar acima. De um lugar quieto e dormente dentro de mim, o nome da pintura tremeluziu. *Gelo e Estrelas*.

— Então você e Rhys resolveram me contar meras horas antes de partirmos?

— Rhys passou o dia todo fora. *Eu* decidi que partiremos esta noite. Como não queremos estragar o nosso Solstício com a visita, agora é a melhor hora.

Havia muitos dias entre o agora e a véspera do Solstício para fazer aquilo. Mas o rosto de Mor permanecia cuidadosamente casual.

— Você preside a Cidade Escavada e lida com eles o tempo todo — insisti. Ela praticamente governava quando Rhys não estava lá. E lidava bastante com o pai horrível.

Mor sentiu a pergunta dentro de minha afirmativa.

— Eris estará lá esta noite. Az me contou hoje de manhã.

Permaneci calada, esperando.

Os olhos castanhos de Mor escureceram.

— Quero ver por conta própria o quanto ele e meu pai se tornaram próximos.

Era um motivo bom o suficiente para mim.

## Capítulo 5

*Feyre*

Eu estava enroscada na cama, aquecida e sonolenta sob as camadas de cobertores e colchas, quando Rhys finalmente voltou para casa.

Senti seu poder me chamando muito antes de meu parceiro se aproximar da casa, uma melodia sombria pelo mundo.

Mor havia anunciado que não partiríamos para a Cidade Escavada até a próxima hora, mais ou menos — tempo o bastante para que eu desistisse de tocar a papelada na escrivaninha e pegasse um livro em vez disso. Mal consegui ler dez páginas antes de Rhys abrir a porta do quarto.

O couro illyriano reluzia com neve derretida, que brilhava também nos cabelos escuros e nas asas conforme ele silenciosamente fechava a porta.

— Bem onde deixei você.

Sorri, apoiando o livro ao meu lado. O objeto foi quase engolido pelo edredom de penas marfim.

— Não é para isso que sirvo?

Um sorriso malicioso repuxou um canto da boca de Rhys; ele começou a tirar as armas, então, as roupas. Mas apesar do humor que iluminava seus olhos, cada movimento era pesado e lento, como se ele lutasse contra a exaustão a cada fôlego.

— Talvez devêssemos dizer a Mor para que atrase a reunião na Corte dos Pesadelos. — Franzi a testa.

Rhys tirou o casaco, e o couro ressoou ao cair na cadeira da escrivaninha.

— Por quê? Se Eris estiver de fato lá, quero surpreendê-lo com uma visita particular.

— Você parece exausto, é por isso.

Ele colocou a mão de forma dramática sobre o coração.

— Sua preocupação me aquece mais do que qualquer fogueira de inverno, meu amor.

Revirei os olhos e me sentei.

— Você comeu, pelo menos?

Rhys deu de ombros, e a camisa escura se repuxou sobre o peitoral largo.

— Estou bem. — Seu olhar deslizou para minhas pernas expostas quando afastei as cobertas.

Calor floresceu em mim, mas protegi os pés com pantufas.

— Vou trazer comida para você.

— Não quero...

— Quando foi a última vez que comeu?

Um silêncio culpado.

— Foi o que pensei. — Cobri os ombros com um roupão com forro de lã. — Lave-se e troque de roupa. Partiremos em quarenta minutos. Volto logo.

Rhys fechou as asas, a luz feérica emoldurando a garra sobre cada uma delas.

— Não precisa...

— Eu quero e eu vou. — Com isso, saí pela porta e caminhei pelo corredor azul-celeste.

Cinco minutos depois, conforme entrei com a bandeja nas mãos, Rhys segurou a porta aberta para mim usando nada além dos calções.

— Considerando que trouxe toda a maldita cozinha — ponderou ele ao me ver seguir para a escrivaninha, ainda nem perto de estar vestida para nossa visita —, eu deveria ter simplesmente descido.

Mostrei a língua, mas me irritei ao buscar um espaço livre na escrivaninha lotada. Nenhum. Até mesmo a pequena mesa perto da janela estava coberta de coisas. Todas coisas importantes, vitais. Tive que me contentar com a cama.

Rhys se sentou, fechando as asas atrás do corpo antes de esticar o braço para me puxar para seu colo, mas desviei de suas mãos e mantive uma distância considerável.

— Coma primeiro.

— E comerei você depois — replicou ele, sorrindo maliciosamente e devorando a comida em seguida.

A velocidade e a intensidade daquela comilança foram o suficiente para conter qualquer calor que se elevava dentro de mim diante das palavras.

— Você *sequer* comeu hoje?

Os olhos violeta se voltaram para mim quando ele terminou o pão e começou o rosbife frio.

— Comi uma maçã hoje de manhã.

— Rhys.

— Eu estava ocupado.

— *Rhys*.

Ele apoiou o garfo, e sua boca se contraiu em um sorriso.

— Feyre.

Cruzei os braços.

— Ninguém está ocupado demais para comer.

— Você está exagerando na preocupação.

— É meu trabalho exagerar. E além do mais, *você* exagera bastante. Com coisas muito mais banais.

— Seu ciclo *não é* banal.

— Eu estava com *um pouquinho* de dor...

— Você estava se debatendo na cama como se alguém estivesse arrancando suas vísceras.

— E *você* estava agindo como uma galinha superprotetora dos pintinhos.

— Não vi você gritando com Cassian, Mor ou Az quando *eles* mostraram preocupação.

— Eles não tentaram me dar comida na boca como uma inválida!

Rhys riu, terminando o jantar.

— Farei refeições regulares se você permitir que eu me transforme em uma galinha superprotetora duas vezes por ano.

Meu ciclo era tão diferente neste corpo. Foram-se os desconfortos mensais. Achei que fosse uma dádiva.

Até dois meses atrás. Quando o primeiro aconteceu.

No lugar das cólicas alguns dias por mês, havia uma semana bianual de *agonia* dilaceradora do ventre. Mesmo Madja, a curandeira preferida de Rhys, podia fazer pouco pela dor a não ser me deixar inconsciente. Houve um momento durante aquela semana em que realmente considerei a possibilidade, com a dor perfurando desde as costas e a barriga até as coxas, subindo para os braços, como riscos vivos de relâmpago pulsando dentro de mim. Meu ciclo jamais fora agradável quando eu era humana, e havia, de fato, dias em que eu não conseguia sair da cama. Parecia que ao ter sido Feita, a ampliação de meus atributos não parara na força e nas feições feéricas. Não mesmo.

Mor tinha pouco a me oferecer além de comiseração e chá de gengibre. Pelo menos eram apenas duas vezes por ano, consolara ela. Duas vezes eram vezes demais, era o que eu tinha conseguido resmungar de volta.

Rhys ficara comigo o tempo todo, acariciando meus cabelos, trocando os cobertores que eu encharcava de suor, até me ajudando a me limpar. Sangue é sangue, era tudo o que ele dizia quando eu protestava sobre ele me ver tirar a roupa íntima suja. Eu mal conseguia me mexer naquele momento sem choramingar, então as palavras não tinham sido totalmente absorvidas.

Junto com a implicação daquele sangue. Pelo menos a mistura contraceptiva que Rhys tomava estava funcionando. Mas conceber entre os feéricos era raro e difícil o suficiente para que eu às vezes me perguntasse se esperar até estar pronta para ter filhos não seria um tiro no pé.

Não tinha me esquecido da visão do Entalhador de Ossos, como ele aparecera para mim. E sabia que Rhys também não.

Mas ele não insistira, sequer pedira. Certa vez eu tinha dito a meu parceiro que queria viver com ele, experimentar a *vida* com ele, antes de termos filhos. Eu ainda queria isso. Havia tanto para fazer, e nossos dias eram ocupados demais para *pensar* em trazer um filho ao mundo. Embora fosse uma bênção imensurável, minha vida era cheia o bastante, então eu suportaria a agonia bianual por enquanto. E ajudaria minhas irmãs com ela também.

Os ciclos de fertilidade feéricos eram algo sobre o qual eu jamais havia pensado, e explicá-los a Nestha e Elain fora desconfortável, para dizer o mínimo.

Nestha apenas me encarara daquela forma fria, sem piscar. Elain havia corado, murmurando algo sobre a impropriedade de tais coisas. Mas elas tinham sido Feitas havia quase seis meses. Estava vindo. Em breve. Se serem Feitas de alguma forma não tivesse interferido nisso.

Eu precisaria encontrar uma maneira de convencer Nestha a dar notícias quando o ciclo dela começasse. De jeito nenhum eu permitiria que ela suportasse aquela dor sozinha. Eu não tinha certeza se ela *conseguiria* suportar aquela dor sozinha.

Elain, pelo menos, seria educada demais para mandar Lucien embora quando ele tentasse ajudar. Seria educada demais para mandá-lo embora em um dia normal. Apenas o ignorava ou mal falava com ele até que Lucien entendesse a mensagem e partisse. Até onde eu sabia, ele não tinha chegado perto de tocá-la desde aquela batalha final. Não, Elain cuidava dos jardins aqui, silenciosamente em luto pela vida humana perdida. Em luto por Graysen.

Como Lucien suportava aquilo, eu não sabia. Não que ele tivesse mostrado algum interesse em encurtar a distância entre os dois.

— Para onde você foi? — perguntou Rhys, sorvendo o vinho e afastando a bandeja.

Se eu quisesse falar, ele ouviria. Se eu não quisesse, ele deixaria de lado. Fora nosso acordo não dito desde o início — ouvir quando o outro precisasse e dar espaço quando fosse requerido. Rhys ainda estava lentamente trabalhando em me contar tudo que tinha sido feito com ele, tudo que ele testemunhara Sob a Montanha. Ainda havia noites em que eu beijava suas lágrimas para secá-las, uma a uma.

Esse assunto, no entanto, não era tão difícil discutir.

— Estava pensando em Elain — expliquei, me recostando na borda da escrivaninha. — E Lucien.

Rhys arqueou uma sobrancelha, e eu contei tudo.

Quando terminei, ele estava com uma expressão contemplativa.

— Lucien vai se juntar a nós para o Solstício?

— Seria ruim se ele fizesse isso?

Meu parceiro soltou um zumbido, e suas asas se fecharam mais. Eu não fazia ideia de como ele suportava o frio ao voar, mesmo com um escudo. Todas as vezes em que eu havia tentado nas últimas semanas, mal durava mais do que alguns minutos. A única vez em que realmente consegui fora na semana anterior, quando nosso voo da Casa do Vento se tornara muito mais quente.

— Consigo suportar estar perto dele — disse Rhys, por fim.

— Tenho certeza de que ele adoraria ouvir esse endosso animado.

Ele abriu um meio sorriso que me fez caminhar em sua direção, parando entre suas pernas. Rhys apoiou as mãos preguiçosamente em meu quadril.

— Consigo deixar de lado as provocações — afirmou ele, observando minha expressão. — E o fato de que ele ainda alimenta esperanças de um dia se reunir com Tamlin. Mas não consigo esquecer como ele tratou você depois de Sob a Montanha.

— Eu consigo. Já o perdoei por aquilo.

— Bem, então *me* perdoe por eu não conseguir. — Um ódio gélido escureceu as estrelas naqueles olhos violeta.

— Você ainda mal consegue falar com Nestha — comentei. — Mas fala com Elain direitinho.

— Elain é Elain.

— Se culpa uma, precisa culpar a outra.

— Não, não preciso. Elain é Elain — repetiu ele. — Nestha é... ela é illyriana. Digo isso como um elogio, mas é uma illyriana de coração. Então não há desculpa para o comportamento dela.

— Ela mais do que compensou por isso no verão, Rhys.

— Não posso perdoar alguém que fez você sofrer.

Palavras frias, brutais, ditas com tanta graciosidade casual.

Mas ele ainda não se importava com aqueles que *o* tinham feito sofrer. Passei a mão pelos arabescos e redemoinhos das tatuagens sobre o peito musculoso, traçando as linhas intricadas. Rhys estremeceu sob meus dedos, as asas tremeram.

— São minha família. Você precisa perdoar Nestha em algum momento.

Ele apoiou a testa em meu peito, bem entre os seios, e abraçou minha cintura. Por um longo minuto, apenas inspirou meu cheiro, como se o absorvesse bem no fundo dos pulmões.

— Esse deveria ser meu presente de Solstício para você? — murmurou meu parceiro. — Perdoar Nestha por deixar que a irmã de 14 anos entrasse naquele bosque?

Enganchei o dedo sob o queixo de Rhys e puxei a cabeça dele para cima.

— Não vai ganhar presente de Solstício nenhum de *mim* se continuar com essa baboseira.

Um sorriso malicioso.

— Cretino — sibilei, fazendo menção de recuar, mas os braços dele me apertaram.

Ficamos em silêncio, apenas nos encarando. Então, pelo laço, Rhys falou: *Um pensamento pelos seus, Feyre querida?*

Sorri para o pedido, o antigo jogo entre nós. Mas o sorriso se desfez quando respondi: *Fui até o Arco-Íris hoje.*

*É?* Rhys roçou com o nariz a parte reta de minha barriga.

Passei as mãos por seus cabelos pretos, deliciando-me com as mechas sedosas contra meus calos. *Há uma artista, Ressina. Ela me convidou para pintar com ela e uns outros em duas noites.*

Ele recuou para observar meu rosto, então arqueou uma sobrancelha.

— Por que não parece animada com isso?

Indiquei nosso quarto, a casa da cidade, e exalei.

— Não pinto nada há um tempo.

Não desde que tínhamos voltado da batalha. Rhys permaneceu quieto, me deixando pensar e organizar o emaranhado de palavras dentro de mim.

— Parece egoísta — admiti. — Tomar esse tempo, quando há tanto a fazer e...

— Não é egoísta. — As mãos dele se apertaram em meu quadril. — Se quer pintar, então pinte, Feyre.

— As pessoas nesta cidade ainda não têm lares.

— E tomar algumas horas todo dia para pintar não vai mudar isso.

— Não é só isso. — Eu me inclinei para baixo até minha testa encostar na dele, e o cheiro de limão e mar de Rhys encheu meus pulmões, meu coração. — Há muitas delas... coisas que quero pintar. Que preciso pintar. Escolher uma... — Tomei um fôlego trêmulo e recuei. — Não tenho certeza de que estou pronta para ver o que surgirá quando eu pintar algumas delas.

— Ah. — Rhys traçou linhas tranquilizadoras e carinhosas por minhas costas. — Caso queria se juntar a eles em dois dias ou em dois meses, acho que deveria ir. Experimentar. — Ele observou o quarto, o tapete espesso, como se pudesse ver toda a casa da cidade abaixo. — Podemos transformar seu antigo quarto em um estúdio, se quiser...

— Não precisa — interrompi. — Ele... a luz não é ideal ali. — Diante das sobrancelhas erguidas de Rhys, admiti: — Eu verifiquei. O único cômodo que é bom para isso é a sala de estar, e prefiro não encher a casa com o fedor de tinta.

— Acho que ninguém se importaria.

— *Eu* me importaria. E gosto de privacidade, de toda forma. A última coisa que quero é Amren no meu encalço, criticando meu trabalho enquanto pinto.

Rhys deu um risinho.

— Podemos lidar com Amren.

— Não tenho certeza se você e eu estamos falando da mesma Amren, então.

Ele sorriu, me puxando para perto de novo, e murmurou contra minha barriga:

— É seu aniversário no Solstício.

— E? — Estava tentando esquecer esse fato. E deixar que os outros esquecessem também.

O sorriso de Rhys se tornou discreto, felino.

— E isso significa que você ganha *dois* presentes.

Resmunguei.

— Eu jamais deveria ter contado a você.

— Você nasceu na noite mais longa do ano. — Os dedos dele mais uma vez acariciaram minhas costas. Mais baixo. — Era para você estar a meu lado desde o início.

Rhys traçou a linha de minhas costas com uma longa e preguiçosa carícia. Próximos daquele jeito, ele conseguiu imediatamente sentir a mudança em meu cheiro quando tudo dentro de mim se aqueceu.

Antes que as palavras me falhassem, consegui dizer pelo laço: *Sua vez. Um pensamento por outro.*

Meu parceiro deu um beijo em minha barriga, bem sobre o umbigo.

— Já contei sobre aquela primeira vez que você atravessou e me jogou na neve?

Bati em seu ombro. O músculo por baixo era duro como pedra.

— *Esse* é seu pensamento por outro?

Rhys sorriu contra minha barriga, os dedos ainda explorando tentadoramente.

— Você me derrubou como uma illyriana. Em perfeita forma, um golpe direto. Mas então ficou deitada sobre mim, ofegante. Tudo o que eu queria era fazer com que ficássemos pelados.

— Por que não estou surpresa? — Entrelacei os dedos nos cabelos de Rhys.

O tecido de meu penhoar mal passava de teias de aranha entre nós quando ele sussurrou uma risada em minha barriga. Eu não tinha me incomodado em vestir nada por baixo.

— Você me fez perder a cabeça. Todos aqueles meses. Ainda não acredito que mereço ter isto. Ter você.

Minha garganta se apertou. Era esse o pensamento que ele queria trocar, que precisava compartilhar.

— Eu queria você, mesmo Sob a Montanha — falei, baixinho. — Atribuí àquelas circunstâncias terríveis, mas depois de a matarmos, quando eu não podia dizer a ninguém como eu me sentia... sobre como as coisas eram realmente ruins, ainda assim contei a você. Sempre pude conversar com você. Acho que meu coração sabia que você era meu muito antes de eu perceber.

Os olhos violeta brilharam, e Rhys enterrou o rosto entre meus seios novamente, acariciando minhas costas.

— Amo você — sussurrou ele. — Mais do que a vida, mais do que meu território, mais do que minha coroa.

Eu sabia. Ele abrira mão da própria vida para refazer o Caldeirão, o tecido do mundo, para que eu sobrevivesse. Não tive coragem de ficar furiosa com ele por causa disso depois, ou nos meses desde então. Ele sobrevivera — essa era uma dádiva pela qual eu jamais deixaria de me sentir grata. E no fim, no entanto, tínhamos nos salvado. Todos nós tínhamos.

Beijei o alto da cabeça de Rhys.

— Amo você — sussurrei para seus cabelos preto-azulados.

As mãos de meu parceiro se fecharam atrás de minhas coxas, o único aviso antes de ele suavemente nos girar, me prendendo à cama enquanto roçava o nariz em meu pescoço.

— Uma semana — disse ele contra minha pele, graciosamente fechando as asas atrás do corpo. — Uma semana tomando você nesta cama. É tudo o que quero de Solstício.

Soltei uma risada sem fôlego, mas Rhys flexionou o quadril e investiu contra mim, as barreiras entre nós mal passando de retalhos de tecido. Ele roçou um beijo em minha boca, as asas como uma parede escura atrás dos ombros.

— Acha que estou brincando.

— Somos fortes para Grão-Feéricos — refleti, lutando para me concentrar enquanto ele puxava o lóbulo de minha orelha com os dentes —, mas uma semana inteira de sexo? Não acho que eu conseguiria andar. Ou que você conseguiria funcionar, pelo menos não com sua parte preferida.

Rhys mordiscou o delicado arco de minha orelha, e meus dedos dos pés se contraíram.

— Então você só vai ter que beijar minha parte preferida e fazer melhorar.

Deslizei a mão para aquela parte preferida — *minha* parte preferida — e a agarrei por cima do calção. Rhys gemeu, pressionando o corpo contra meu toque, e o penhoar sumiu, deixando apenas minha palma contra a rigidez aveludada.

— Precisamos nos vestir — consegui dizer, mesmo enquanto minha mão o acariciava.

— Depois — gemeu ele, sugando meu lábio inferior.

De fato. Rhys recuou, apoiando os braços tatuados ao lado de minha cabeça. Um estava coberto com as marcas illyrianas, o outro, com a tatuagem gêmea àquela em meus braços: o último acordo que tínhamos feito. De permanecer juntos durante tudo o que nos esperava.

Meu núcleo pulsou, ecoando as batidas estrondosas de meu coração, a necessidade de tê-lo enterrado dentro de mim, de ter Rhys...

Como se debochando daquelas pulsações gêmeas dentro de mim, uma batida fez tremer a porta do quarto.

— Só para que vocês saibam — piou Mor do outro lado —, nós realmente *precisamos* sair em breve.

Rhys soltou um grunhido grave que saltitou por minha pele, os cabelos deslizando sobre a testa conforme ele virava a cabeça na direção da porta. Nada além de intenção predatória nos olhos brilhantes.

— Temos trinta minutos — argumentou Rhys, com uma suavidade notável.

— E você leva duas horas para se vestir — brincou Mor do outro lado da porta. Uma pausa maliciosa. — E não estou falando de Feyre.

Meu parceiro soltou uma risada rouca e apoiou a testa contra a minha. Fechei os olhos, inspirando-o, mesmo enquanto meus dedos se abriam em torno dele.

— Isto não acabou — prometeu Rhys a mim, com a voz áspera, antes de beijar a depressão em meu pescoço e se afastar. — Vá aterrorizar outra pessoa — gritou ele para Mor, girando o pescoço conforme as asas sumiram e ele saiu batendo os pés para o banheiro. — Preciso me embelezar.

Mor riu, e seus passos leves logo se foram.

Desabei contra os travesseiros e respirei profundamente, acalmando a necessidade que pulsava por mim. Água gorgolejou no banheiro, seguida por um grito baixo.

Eu não era a única que precisava esfriar, ao que parecia.

Quando entrei no banheiro alguns minutos depois, Rhys ainda estava se encolhendo enquanto se lavava na banheira.

Mergulhando meus dedos na água cheia de sabão, pude confirmar minhas suspeitas: estava fria como gelo.

# CAPÍTULO 6

*Morrigan*

Não havia luz naquele lugar.
Jamais houvera.
Mesmo as guirlandas de sempre-verdes, os festões de azevinho e as fogueiras crepitantes de abeto em honra do Solstício não conseguiam perfurar a eterna escuridão que morava na Cidade Escavada.

Não era o tipo de escuridão que Mor passara a amar em Velaris, o tipo de escuridão que era tanto parte de Rhys quanto o sangue do Grão--Feérico.

Era a escuridão de coisas pútridas, de decomposição. A escuridão sufocante que fazia definhar qualquer vida.

E o macho de cabelos dourados de pé diante de Mor no salão do trono, entre as pilastras altas entalhadas com aquelas bestas escamosas e rastejantes, ele fora criado a partir dessa escuridão. Prosperava nela.

— Peço desculpas caso tenhamos interrompido suas festividades — ronronou Rhysand para ele. Para Keir. E para o macho ao seu lado.

Eris.

O salão do trono estava vazio naquele momento. Uma palavra de Feyre e a laia habitual que banqueteava, e dançava, e tramava ali se fora, deixando apenas Keir e o filho mais velho do Grão-Senhor da Outonal.

Keir falou primeiro, arrumando as lapelas do casaco preto.

— A que devemos esse prazer?

O tom de escárnio. Mor ainda conseguia ouvir os insultos sibilados sob ele, sussurrados havia muito tempo na suíte particular de sua família, sussurrados em todas as reuniões e encontros quando seu primo não estava presente. *Monstruosidade mestiça. Uma desgraça para a linhagem.*

— Grão-Senhor.

As palavras saíram de dentro dela sem que pensasse. E aquela voz, a voz que usava ali... Não era dela. Jamais dela, jamais ali embaixo, com eles, na escuridão. Mor manteve a voz igualmente fria e impiedosa ao corrigir:

— A que devemos esse prazer, *Grão-Senhor*.

Ela não se incomodou em evitar que seus dentes aparecessem.

Keir a ignorou.

Seu método preferido de insulto: agir como se a pessoa não valesse o fôlego que seria preciso para falar com ela.

*Tente algo diferente, seu canalha miserável.*

Rhys interrompeu antes que Mor pudesse dizer exatamente isso, o poder sombrio do Grão-Feérico preenchendo o salão e a montanha.

— Viemos, evidentemente, para desejar um bom Solstício a você e aos seus. Mas parece que você já tinha um convidado para entreter.

A informação de Az fora impecável, como sempre. Quando ele a encontrara lendo sobre os costumes da Corte Invernal na biblioteca da Casa do Vento naquela manhã, Mor não perguntara *como* ele descobrira que Eris viria naquela noite. Tinha aprendido, havia tempos, que Az muito provavelmente não contaria.

Mas o macho da Corte Outonal de pé ao lado de Keir... Mor se obrigou a olhar para Eris. Para seus olhos cor de âmbar.

Mais frios do que qualquer sala da corte de Kallias. Eram assim desde o momento em que Mor o conhecera, cinco séculos antes.

Eris apoiou a mão pálida no peitoral da jaqueta cor de estanho, o retrato do galanteio da Corte Outonal.

— Achei que poderia dar meus próprios cumprimentos de Solstício.

Aquela voz. Aquela voz sedosa e arrogante. Também não tinha se alterado, não em tom ou timbre, nos séculos que se passaram. Não mudara desde aquele dia.

*Luz do sol morna e cálida entre as folhas, fazendo com que brilhassem como rubis e citrinos. O cheiro úmido e terroso de coisas em putrefação sob as folhas e raízes sobre as quais ela estava deitada. Sobre as quais fora jogada e deixada.*

*Tudo doía. Tudo. Ela não conseguia se mover. Não conseguia fazer nada além de observar o sol passar pelo exuberante dossel acima, ouvir o vento entre os troncos prateados.*

*E o centro daquela dor, irradiando para fora como fogo vivo a cada fôlego irregular, rouco...*

*Passos leves e firmes esmagaram as folhas. Seis conjuntos. Uma guarda da fronteira, uma patrulha.*

*Ajuda. Alguém para ajudar...*

*Uma voz masculina, estrangeira e grave, xingou. Então se calou.*

*A voz se calou quando um único par de passos se aproximou. Ela não conseguia virar a cabeça, não suportava a dor. Não conseguia fazer nada a não ser inalar cada fôlego úmido e trêmulo.*

— *Não toque nela.*

*Aqueles passos pararam.*

*Não era um aviso para protegê-la. Defendê-la.*

*Ela conhecia a voz que falava. Temera ouvi-la de novo.*

*Ela o sentiu se aproximar. Sentiu cada reverberação nas folhas, o musgo, as raízes. Como se a própria terra tremesse diante dele.*

— *Ninguém toca nela* — *informou ele. Eris.* — *Assim que tocarmos, será nossa responsabilidade.*

*Palavras frias, insensíveis.*

— Mas... mas eles pregaram um...
— Ninguém toca nela.
Pregaram.
Tinham enfiado pregos nela.
Tinham-na segurado enquanto ela gritava, segurado enquanto ela rugia para eles, então implorava. Depois pegaram aqueles longos e cruéis pregos de ferro. E o martelo.
Três deles.
Três batidas do martelo, abafadas pelos gritos, pela dor.
Ela começou a tremer, odiando aquilo tanto quanto tinha odiado as súplicas. Seu corpo urrava de dor, aqueles pregos no abdômen eram impiedosos.
Um rosto pálido e belo surgiu acima dela, bloqueando as folhas semelhantes a joias no alto. Indiferente. Impassível.
— Suponho que não queira viver aqui, Morrigan.
Ela preferiria morrer ali, sangrar ali. Preferiria morrer e voltar — voltar como algo maligno e cruel e dilacerar todos eles.
Ele devia ter lido aquilo nos olhos dela. Um leve sorriso curvou os lábios do macho.
— Foi o que pensei.
Eris se esticou, virando-se. Os dedos de Mor se fecharam nas folhas e no solo lamacento.
Ela desejou poder crescer garras — como Rhys fazia — e rasgar aquele pescoço pálido. Mas esse não era o seu dom. O dom de Mor... o dom dela a deixara ali. Destruída e sangrando.
Eris deu um passo para longe.
— Não podemos simplesmente a deixar aí para... — disparou uma voz mais distante.
— Podemos e deixaremos — interrompeu ele, diretamente, com passos determinados conforme se afastava. — Ela escolheu se macular; a família dela escolheu tratá-la como lixo. Já disse a eles qual é minha decisão nesse assunto. — Uma longa pausa, mais cruel do que as demais. — E não tenho o hábito de transar com sobras illyrianas.
Ela não conseguiu impedi-las então. As lágrimas que escorreram, quentes e ardidas.

*Sozinha. Eles a deixariam sozinha ali. Os amigos dela não sabiam para onde tinha ido. Mor mal sabia onde estava.*
— Mas... — Aquela voz dissidente interrompeu de novo.
— Saia.
*Não houve protesto depois disso.*
*E quando os passos se afastaram e sumiram, o silêncio retornou.*
*O sol, e o vento, e as folhas.*
*O sangue, e o ferro, e o solo sob suas unhas.*
*A dor.*
Um leve cutucão da mão de Feyre contra a dela chamou sua atenção, afastando-a daquela clareira sangrenta, logo além da fronteira da Corte Outonal.

Mor deu à Grã-Senhora um olhar de gratidão, o qual Feyre sabiamente ignorou, já voltando a atenção para a conversa. Sem jamais ter perdido a concentração, na verdade.

Feyre entrara no papel de senhora daquela cidade horrível com muito mais facilidade do que ela. Usando um vestido ônix reluzente, o diadema de lua crescente na cabeça, sua amiga parecia a perfeita governante imperiosa. Tanto parte daquele lugar quanto as bestas serpentinas entrelaçadas, que estavam entalhadas e embutidas por toda parte. O que Keir, talvez, um dia tivesse imaginado para a própria Mor.

Não o vestido vermelho que a filha usava, alegre e ousado, ou as joias douradas nos pulsos e nas orelhas, brilhando como luz do sol naquela escuridão.

— Se quisesse que esse pequeno encontro permanecesse privado — dizia Rhys, com uma calma letal —, talvez uma reunião pública não fosse o lugar mais sábio para isso.

De fato.

O administrador da Cidade Escavada acenou com a mão.

— Por que teríamos algo a esconder? Depois da guerra, somos todos tão bons amigos.

Mor costumava sonhar que o estripava. Às vezes com uma faca; às vezes com as próprias mãos.

— E como anda a corte de seu pai, Eris? — Uma pergunta indiferente e entediada de Feyre.

Os olhos âmbar do Grão-Feérico não estamparam nada além de desgosto.

Um rugido encheu a cabeça de Mor diante daquele olhar. Ela mal conseguiu ouvir a resposta arrastada. Ou a réplica de Rhys.

Já fora um prazer para Mor provocar Keir e aquela corte, colocá-los em seu devido lugar. Pelo inferno, ela até mesmo quebrara alguns dos ossos do administrador na primavera — depois de Rhys ter destruído os braços dele até se tornarem inúteis. E ficara feliz em fazê-lo depois do que Keir dissera a Feyre, e então ficara encantada ao ser banida por sua mãe de sua ala particular. Uma ordem que ainda era mantida. Mas desde o momento em que Eris havia entrado naquela câmara do conselho tantos meses atrás...

*Você tem mais de 500 anos,* lembrava-se ela frequentemente. Deveria conseguir enfrentar e suportar isso de um modo melhor.

*Não tenho o hábito de transar com sobras illyrianas.*

Mesmo agora, mesmo depois de Azriel tê-la encontrado naquele bosque, depois de Madja tê-la curado até que nenhum vestígio dos pregos maculasse sua barriga... Ela jamais deveria ter ido até lá naquela noite.

A pele de Mor se repuxou, o estômago grunhiu. *Covarde.*

Tinha enfrentado inimigos, lutado em muitas guerras, e no entanto, aquilo, aqueles dois machos juntos...

Mor sentiu, mais do que viu, Feyre se enrijecer ao seu lado depois de algo que Eris dissera.

— Seu pai está proibido de cruzar para as terras humanas — respondeu a Grã-Senhora ao macho. Nenhum espaço para concessões com aquele tom de voz, com a severidade dos olhos de Feyre.

Eris apenas deu de ombros.

— Não acho que seja decisão sua.

Rhys colocou as mãos nos bolsos, o retrato da graciosidade casual. Mas as sombras e a escuridão salpicada de estrelas que emanava dele, que fazia com que a montanha tremesse a cada passo que dava — era essa a verdadeira face do Grão-Senhor da Corte Noturna. O mais poderoso Grão-Senhor na história.

— Eu sugeriria lembrar a Beron que expansão territorial não está em jogo. Para nenhuma corte.

Eris não se abalou. Nada jamais o perturbava, o inquietava. Mor odiara isso desde o momento em que o tinha conhecido — aquela distância, aquela frieza. Aquela falta de interesse ou de sentimentos pelo mundo.

— Então eu sugeriria a você, Grão-Senhor, que falasse com seu caro amigo Tamlin a respeito disso.

— Por quê? — A pergunta de Feyre saiu afiada como uma lâmina.

A boca de Eris se curvou em um sorriso viperino.

— Porque o território de Tamlin é o único que ladeia as terras humanas. Creio que qualquer um interessado em expandir precisaria passar primeiro pela Corte Primaveril. Ou pelo menos obter permissão do Grão-Senhor para isso.

Outra pessoa que ela um dia mataria. Se Feyre e Rhys não fizessem isso antes.

Não importava o que Tamlin tinha feito na guerra, se trouxera Beron e as forças humanas consigo. Se tinha enganado Hybern.

Era outro dia, outra fêmea caída no chão, e Mor não esqueceria, não podia perdoar.

O rosto frio de Rhys se tornou reflexivo, no entanto. Ela podia ler facilmente a relutância nos olhos do Grão-Senhor, a irritação por ter sido informado por Eris... Mas informação era informação.

Mor olhou na direção de Keir e viu que ele a observava.

Exceto pela ordem inicial para o administrador, ela não tinha dito uma palavra. Não contribuíra para a reunião. Não se pronunciara.

Ela conseguia ver isso nos olhos de Keir. A satisfação.

*Diga algo. Pense em algo para dizer. Para dilacerá-lo até que vire nada.*

Mas Rhys decidiu que tinham terminado. Ele entrelaçou o braço ao de Feyre e os guiou para fora, a montanha de fato tremendo sob seus passos. O que tinha dito a Eris, Mor não fazia ideia.

*Patética. Covarde e patética.*
*A verdade é seu dom. A verdade é sua maldição.*
*Diga algo.*
Mas as palavras para castigar seu pai não vieram.
Com o vestido vermelho esvoaçando atrás do corpo, Mor deu as costas para o administrador da Cidade Escavada, para o herdeiro da Outonal e seu sorriso de escárnio, e seguiu o Grão-Senhor e a Grã-Senhora pela escuridão, então de volta à luz.

# Capítulo 7

*Rhysand*

—Você sabe mesmo dar presentes de Solstício, Az.

Virei de costas para a parede de janelas no escritório particular na Casa do Vento; Velaris estava banhada nos tons do início da manhã.

Meu mestre espião e irmão permanecia do outro lado da extensa mesa de carvalho, com os mapas e documentos que ele apresentara espalhados sobre ela. A expressão em seu rosto poderia muito bem ser de pedra. Estava daquela forma desde que Azriel batera às portas duplas do escritório logo depois do alvorecer. Como se soubesse que a noite anterior havia sido inútil para mim depois do aviso nada sutil de Eris a respeito de Tamlin e suas fronteiras.

Feyre não tocou no assunto durante a volta para casa. Não parecera pronta para discutir sobre como lidar com o Grão-Senhor da Primaveril. Ela caíra no sono rapidamente, me deixando ensimesmado diante da fogueira na sala de estar.

Não era surpreendente que eu tivesse voado até ali antes do nascer do sol, ansioso para que o frio cortante afugentasse o peso da noite insone para longe de mim. Minhas asas ainda estavam dormentes em alguns pontos devido ao voo.

— Você queria informação — disse Az, fracamente. Ao lado do illyriano, o cabo de obsidiana de Reveladora da Verdade parecia absorver os primeiros raios do sol.

Revirei os olhos, recostando contra a mesa e indicando o que ele compilara.

— Não poderia ter esperado até depois do Solstício para essa gema em particular? — Um olhar para o rosto ilegível de Azriel e acrescentei: — Não se incomode em responder.

Um canto da boca de meu irmão se repuxou, e as sombras ao seu redor deslizaram sobre o pescoço como tatuagens vivas, gêmeas àquelas illyrianas marcadas sob as vestes de couro.

Sombras diferentes de qualquer coisa que meus poderes pudessem conjurar, ou com que falassem. Nascidas em uma prisão sem luz e sem ar, destinada a destruí-lo.

Em vez disso, Azriel aprendera a língua delas.

Embora os Sifões cobalto fossem prova de que a ascendência illyriana do encantador de sombras era verdadeira, mesmo o vasto conhecimento daquele povo guerreiro, *meu* povo guerreiro, não tinha uma explicação para a origem dos dons de Azriel. Eles certamente não estavam conectados aos Sifões, ao poder assassino puro que a maioria dos illyrianos possuía e canalizava pelas pedras para evitar destruir tudo no caminho. Inclusive seu portador.

Desviando os olhos das pedras sobre as mãos de Azriel, franzi a testa para a pilha de papéis que ele apresentara momentos antes.

— Já contou a Cassian?

— Vim direto para cá — respondeu Azriel. — Ele vai chegar logo, de toda forma.

Mordi o lábio enquanto estudava o mapa territorial de Illyria.

— São mais clãs do que eu esperava — admiti, e disparei um monte de sombras ágeis pelo cômodo para acalmar o poder que tinha começado a se agitar, inquieto, em minhas veias. — Mesmo em meus cálculos mais catastróficos.

— Não são todos os membros desses clãs — falou Az, cuja expressão sombria minou a tentativa de suavizar o golpe. — Esse número geral apenas reflete os lugares em que o descontentamento está se espalhando, não onde as maiorias estão. — Ele apontou com o dedo cheio de cicatrizes para um dos acampamentos. — Há apenas duas fêmeas aqui que parecem cuspir veneno sobre a guerra. Uma é viúva e a outra é mãe de um soldado.

— Onde há fumaça, há fogo — repliquei.

Azriel estudou o mapa por um longo minuto. Dei a ele o silêncio, sabendo que meu irmão só falaria no momento em que estivesse completamente pronto. Quando éramos meninos, Cassian e eu tínhamos dedicado horas a socar Az, tentando fazer com que ele falasse. O encantador de sombras jamais cedera uma única vez.

— Os illyrianos são uns merdas — afirmou Azriel, baixo demais.

Abri a boca, então a fechei.

Sombras se reuniram em volta das asas de Az, seguindo para o espesso tapete vermelho.

— Eles treinam e treinam como guerreiros, mas quando não voltam para casa, as famílias *nos* tornam vilões por tê-los mandado para a guerra?

— As famílias perderam algo insubstituível — respondi, com cautela.

Azriel acenou com a mão cheia de cicatrizes, e o Sifão cobalto reluziu com o movimento quando seus dedos cortaram o ar.

— São hipócritas.

— E o que você gostaria que eu fizesse? Dispensasse o maior exército de Prythian?

Az não respondeu.

Eu o encarei, no entanto. Encarei aquela expressão fria como gelo que ainda me matava de medo às vezes. Eu tinha visto o que ele fizera com seus meios-irmãos séculos atrás. Ainda sonhava com aquilo. O ato em si não era o que permanecia. Cada parte fora merecida. Cada maldita parte.

Mas era o precipício congelado para o qual Az mergulhara que às vezes emergia das profundezas de minha memória.

O início daquela geada se estilhaçava sobre os olhos do guerreiro agora.

— Não vou dispensar os illyrianos. Não há lugar para eles irem, de qualquer forma. E se tentarmos tirá-los daquelas montanhas, podem justamente iniciar o ataque que estamos tentando desencorajar — falei, calmamente, sem deixar espaço para argumentação.

Az não respondeu nada.

— Mas talvez mais urgente — prossegui, apontando para o extenso continente — seja o fato de que as rainhas humanas não voltaram aos próprios territórios. Elas permanecem naquele palácio conjunto. Além disso, a população geral de Hybern não está muito feliz por ter perdido essa guerra. E sem muralha, quem sabe que outros territórios feéricos podem tentar tomar as terras humanas? — Minha mandíbula se contraiu com a última parte. — Essa paz é tênue.

— Eu sei disso — respondeu Azriel, por fim.

— Então podemos precisar dos illyrianos de novo antes que isso acabe. Podemos precisar que estejam dispostos a derramar sangue.

Feyre sabia. Eu a estava inteirando de cada relatório e reunião. Mas esta última...

— Ficaremos de olho nos opositores — concluí, deixando que Az sentisse um ronco do poder que espreitava dentro de mim, que *sentisse* que tinha sido sincero com cada palavra. — Cassian sabe que eles estão crescendo entre os acampamentos e está disposto a fazer o que for preciso para consertar isso.

— Ele não sabe quantos são exatamente.

— E talvez devêssemos esperar para contar a ele. Até depois do feriado. — Az piscou. Expliquei rapidamente: — Ele vai ter o suficiente com que lidar. Deixe que aproveite o feriado enquanto puder.

Azriel e eu fazíamos questão de não mencionar Nestha. Não um com o outro e certamente não na frente de Cassian. Não me permitia contemplar aquilo também. Nem Mor, considerando seu silêncio incomum sobre o assunto desde o fim da guerra.

— Ele vai ficar transtornado com a gente por esconderrmos isso.

— Cassian já suspeita de grande parte, então é apenas uma confirmação a esta altura.

Az passou o polegar pelo cabo preto de Reveladora da Verdade, as runas prateadas do estojo escuro reluzindo à luz.

— E quanto às rainhas humanas?

— Continuamos observando. *Você* continua observando.

— Vassa e Jurian ainda estão com Graysen. Devemos inteirá-los da questão?

Uma reunião estranha nas terras humanas. Sem que nenhuma rainha jamais fosse nomeada para o fiapo de território na base de Prythian, apenas um conselho de senhores e mercadores abastados, Jurian tinha assumido a liderança de alguma forma. Usando a propriedade da família de Graysen como seu assento de comando.

E Vassa... Ela permanecera. Seu *guardião* lhe concedera um descanso da maldição — do encantamento que a transformava em pássaro de fogo de dia e mulher de novo à noite. E a amarrava ao lago no interior do continente.

Eu jamais vira tal feitiço funcionar. Eu tinha lançado meu poder sobre ela, assim como Helion, buscando qualquer possível fio para desatá-lo. Não encontrei nada. Era como se a maldição estivesse tecida no próprio sangue de Vassa.

Mas sua liberdade acabaria. Lucien dissera isso meses antes, e ainda a visitava com frequência o bastante para que eu soubesse que nada tinha mudado nesse sentido. Ela precisaria voltar ao lago, ao senhor-feiticeiro que a mantinha prisioneira, vendida a ele pelas mesmas rainhas que tinham mais uma vez se reunido em seu castelo compartilhado. Aquele que costumava ser de Vassa também.

— Vassa sabe que as rainhas do reino serão uma ameaça até que lidemos com elas — comentei, por fim. Outro fragmento que Lucien nos contara. Bem, contara para mim e Az, ao menos. — Mas a não ser que as rainhas saiam da linha, não cabe a nós enfrentá-las. Se entrarmos em cena, mesmo que para impedi-las de iniciar outra guerra, seremos vistos como conquistadores, não heróis. Precisamos que os humanos de outros territórios confiem em nós se algum dia quisermos alcançar uma paz duradoura.

— Então talvez Jurian e Vassa devessem lidar com eles. Enquanto Vassa está livre para fazer isso.

Eu havia contemplado essa possibilidade. Feyre e eu tínhamos discutido isso noite adentro. Várias vezes.

— Os humanos devem receber uma chance de governar a si mesmos. De decidir por si mesmos. Até nossos aliados.

— Mande Lucien, então. Como nosso emissário humano.

Estudei a tensão nos ombros de Azriel, as sombras protegendo metade de seu corpo da luz do sol.

— Lucien está fora no momento.

Az ergueu as sobrancelhas.

— Onde?

Pisquei os olhos para ele.

— Você é meu mestre espião. Não deveria saber?

O encantador de sombras cruzou os braços, o rosto tão elegante e frio quanto a lendária adaga ao lado do corpo.

— Não faço questão de rastrear os movimentos dele.

— Por quê?

Nenhum lampejo de emoção.

— Ele é parceiro de Elain.

Esperei.

— Seria uma invasão da privacidade dela rastreá-lo.

Saber quando e se Lucien a procurava. O que eles faziam juntos.

— Tem certeza disso? — perguntei, baixinho.

Os Sifões de Azriel tremeluziram, as pedras se tornaram tão escuras e agourentas quanto o mais profundo mar.

— Para onde Lucien foi?

Enrijeci o corpo diante da pura ordem nas palavras.

— Corte Primaveril. Ficará lá para o Solstício — respondi, com a voz mais lenta.

— Tamlin o expulsou da última vez.

— Expulsou. Mas o convidou para o feriado. — Provavelmente porque o Grão-Senhor da Primaveril percebera que passaria a data sozinho naquela mansão. Ou o que quer que tivesse restado dela.

Eu não sentia pena alguma.

Não quando ainda conseguia sentir o terror absoluto de Feyre ao ver Tamlin destruir o escritório. Ao ser trancada naquela casa.

E Lucien deixara que ele fizesse aquilo. Mas eu o havia perdoado. Ou tentado, pelo menos.

Com Tamlin, era mais complicado do que isso. Mais complicado do que eu me permitia remoer em geral.

Ele ainda amava Feyre. Não podia culpá-lo por isso. Mesmo que me fizesse querer rasgar a garganta do Grão-Senhor da Primaveril.

Afastei o pensamento.

— Discutirei Vassa e Jurian com Lucien quando ele voltar. Verei se está disposto a mais uma visita. — Inclinei a cabeça. — Acha que ele consegue suportar ficar perto de Graysen?

O rosto inexpressivo de Az era precisamente o motivo pelo qual ele jamais perdia no carteado.

— Por que eu deveria saber disso?

— Quer me dizer que *não estava* blefando quando disse que não rastreava todos os movimentos de Lucien?

Nada. Absolutamente nada naquele rosto, naquele cheiro. As sombras, o que quer que fossem, escondiam bem demais. Muito bem. Azriel apenas respondeu, friamente:

— Se Lucien matar Graysen, então já foi tarde.

Eu estava disposto a concordar. E Feyre também — e Nestha.

— Estou quase tentado a dar a Nestha direito de caça no Solstício.

— Vai dar um presente a ela?

Não. Talvez.

— Achei que bancar o apartamento e a bebedeira já fosse presente o bastante.

Az passou a mão pelos cabelos pretos.

— Devemos... — Incomum que ele se atrapalhasse com as palavras. — Devemos dar presentes às irmãs?

— Não — respondi, sendo sincero. Az pareceu soltar um suspiro de alívio. Pareceu, pois foi apenas um sopro de ar que passou por seus lábios. — Não acho que Nestha dê a mínima e não creio que Elain espere receber nada de nós. Eu deixaria que as irmãs trocassem presentes entre elas.

Ele assentiu, distante.

Tamborilei sobre o mapa, bem na Corte Primaveril.

— Eu mesmo posso contar a Lucien em um ou dois dias. Sobre a visita à mansão de Graysen.

Azriel arqueou uma sobrancelha.

— Então pretende visitar a Corte Primaveril?

Eu queria poder dizer que não. Mas, em vez disso, contei a ele o que Eris dera a entender: que Tamlin ou não se importava em impor as fronteiras com o mundo humano, ou estava aberto a deixar qualquer um atravessá-las. Duvidava que eu teria uma noite decente de sono até descobrir a verdade.

Quando terminei, Az limpou um grão de poeira invisível nas escamas de couro da manopla. O único sinal de irritação.

— Posso ir com você.

Balancei a cabeça.

— É melhor eu fazer isso sozinho.

— Está falando de ver Lucien ou Tamlin?

— Ambos.

Lucien eu suportava. Tamlin... Talvez eu não quisesse testemunhas para o que poderia ser dito. Ou feito.

— Vai pedir a Feyre que vá junto? — Um olhar para os olhos avelã de Azriel foi o suficiente para que eu soubesse que ele estava bastante ciente de meus motivos para ir sozinho.

— Pedirei em algumas horas — falei —, mas duvido que ela queira ir. E duvido que eu tente convencê-la a mudar de ideia.

Paz. Tínhamos a paz a nosso alcance. E, mesmo assim, ainda havia dívidas das quais eu não me livraria tão cedo.

Az assentiu compreensivamente. Ele sempre tinha me entendido melhor — mais do que os outros. Exceto por minha parceira. Se eram seus dons que permitiam que o fizesse, ou apenas o fato de que ele e eu éramos mais semelhantes do que a maioria se dava conta, eu jamais descobri.

Mas Azriel sabia uma coisa ou outra sobre antigos acertos de contas. Desequilíbrios a serem corrigidos.

Assim como a maior parte de meu círculo íntimo, eu supunha.

— Nada sobre Bryaxis, imagino. — Olhei na direção do chão de mármore, como se pudesse ver através da montanha a biblioteca no subterrâneo, com seus andares inferiores, que foram um dia ocupados, já vazios.

Az também estudou o chão.

— Nenhum sussurro. Ou mesmo grito, na verdade.

Ri. Meu irmão tinha um senso de humor malicioso e cruel. Eu planejava caçar Bryaxis havia meses — levar Feyre e deixar que ela rastreasse a entidade que, por falta de explicação melhor, parecia ser o próprio medo. Mas, como tantos de meus planos para minha parceira, governar aquela corte e entender o mundo além dela tinham se colocado no caminho.

— Quer que eu cace a criatura? — Uma pergunta simples, calma.

Gesticulei, e meu anel de parceria refletiu a luz da manhã. O fato de ainda não ter ouvido Feyre pelo laço me dizia o bastante: ela ainda dormia. E por mais que fosse tentador acordá-la apenas para ouvir o som de sua voz, eu tinha pouco desejo de ter meus colhões pregados à parede por interromper seu sono.

— Deixe Bryaxis aproveitar o Solstício também — respondi.

Um raro sorriso curvou a boca de Az.

— Que generoso de sua parte.

Inclinei a cabeça dramaticamente, o retrato da magnanimidade real, então me sentei na cadeira antes de apoiar os pés na mesa.

— Quando parte para Rosehall?

— Na manhã depois do Solstício — informou ele, virando para a reluzente extensão de Velaris. Az se encolheu... de leve. — Ainda preciso fazer umas compras antes de ir.

Ofereci um sorriso torto a meu irmão.

— Compre algo para ela por mim, está bem? E coloque em minha conta desta vez.

Eu sabia que Az não faria isso, mas ele assentiu mesmo assim.

# Capítulo
# 8

*Cassian*

Uma tempestade se aproximava.

Bem a tempo do Solstício. Chegaria em um ou dois dias, mas Cassian conseguia sentir o cheiro no vento. Os outros no acampamento Refúgio do Vento também conseguiam, e o habitual turbilhão de atividades era agora um pulsar ágil e eficiente. Casas e tendas eram verificadas; ensopados e assados, preparados; pessoas partiam ou chegavam mais cedo do que o esperado para vencer a tempestade.

Por isso, Cassian dera às meninas o dia de folga e ordenara que todos os treinos e exercícios, inclusive dos machos, fossem adiados até depois da nevasca. Patrulhas limitadas ainda sairiam, apenas com aqueles habilidosos e ansiosos para testar a si mesmos contra os ventos certamente violentos e as temperaturas frígidas. Mesmo em uma tempestade, inimigos poderiam atacar.

Se a nevasca fosse tão grande quanto ele sentia que seria, aquele acampamento ficaria enterrado sob neve durante alguns dias.

Cassian estava parado no pequeno centro de artesanato do acampamento, além das tendas e do punhado de casas permanentes. Havia apenas poucas lojas ocupando cada lado da estrada não pavimentada, normalmente apenas uma trilha de terra nos meses mais quentes do ano. Uma mercearia, que já colocara um aviso informando o esgotamento dos produtos, dois ferreiros, um sapateiro, um entalhador e um alfaiate.

A construção de madeira do alfaiate era relativamente nova. Pelo menos para os padrões illyrianos — talvez com dez anos. Acima da loja do primeiro andar parecia haver uma habitação, onde lâmpadas queimavam intensamente. E na vitrine da loja, exatamente o que ele procurava.

Um sino acima da porta de vidro com treliças de chumbo soou quando Cassian entrou, fechando bem as asas para passar, mesmo com a porta mais larga do que o habitual. O calor o atingiu, aconchegante e delicioso, e ele rapidamente fechou a porta atrás de si.

A fêmea jovem e esguia atrás do balcão de pinho já estava de pé, imóvel. Observando-o.

A primeira coisa em que Cassian reparou foram as cicatrizes em suas asas. As cicatrizes cuidadosas e cruéis que desciam pelos tendões centrais.

Náusea revirou o estômago do guerreiro, mesmo quando ele ofereceu um sorriso e caminhou para o balcão polido. Cortada. Ela fora cortada.

— Estou procurando Proteus — disse ele, encarando os olhos castanhos da fêmea. Aguçados e sagazes. Espantada com a presença dele, mas sem medo. Seus cabelos escuros estavam trançados com simplicidade, oferecendo uma ampla visão da pele escura e do rosto estreito e anguloso. Não era um rosto belo, mas era marcante. Interessante.

Ela não desviou o olhar, não da forma como fêmeas illyrianas tinham sido ordenadas e treinadas para fazer. Não, mesmo com as cicatrizes do corte que comprovavam como práticas tradicionais estavam brutalmente arraigadas em sua família, a fêmea permaneceu encarando-o.

Aquilo o lembrou de Nestha, aquele olhar. Franco e irredutível.

— Proteus era meu pai — informou ela, desatando o avental branco e revelando um vestido marrom simples antes de passar para o outro lado do balcão. *Era*.

— Sinto muito — disse ele.

— Ele não voltou da guerra.

Cassian não permitiu se deixar abater.

— Sinto mais ainda, então.

— Por que deveria? — Uma pergunta insensível, desinteressada. A mulher estendeu a mão fina. — Sou Emerie. Esta é minha loja agora.

A demarcação de um limite. E um incomum. Cassian apertou a mão da fêmea, nada surpreso ao ver que seu aperto era forte e determinado.

Ele conhecera Proteus. Ficara surpreso quando o macho se juntara às fileiras durante a guerra. Cassian sabia que ele tinha uma filha e nenhum filho. Nem parente macho próximo também. Com sua morte, a loja teria ido para um deles. Mas para a filha assumir o lugar, para insistir que a loja deveria ser *dela* e para continuar gerenciando-a... Cassian avaliou o pequeno espaço organizado.

Ele olhou pela vitrine para a loja do outro lado da rua, para a placa de esgotado.

Mercadorias enchiam a loja de Emerie. Como se tivesse acabado de receber um carregamento novo. Ou como se ninguém se incomodasse em entrar ali. Nunca.

Para que Proteus fosse o proprietário e tivesse construído aquele lugar, em um acampamento em que a ideia de lojas havia começado apenas nos últimos cinquenta anos, mais ou menos, significava que tinha bastante dinheiro. O suficiente, talvez, para que Emerie se sustentasse. Mas não para sempre.

— Certamente parece que a loja é sua — comentou Cassian, por fim, voltando a atenção novamente para ela. Emerie tinha se afastado alguns centímetros, com as costas retas, o queixo erguido.

Ele vira Nestha naquela pose também. Costumava dizer que era sua pose de *Matarei Meus Inimigos*.

Cassian tinha nomeado cerca de duas dúzias das poses de Nestha àquela altura. Variando desde *Comerei seus Olhos no Café da Manhã* até *Não Quero Que Cassian Saiba Que Estou Lendo Pornografia*. A última era sua preferida.

Contendo o sorriso, ele gesticulou para as belas pilhas de luvas de couro de carneiro e para os espessos cachecóis que enfeitavam a vitrine.

— Levarei todos os acessórios de inverno que tiver.

As sobrancelhas escuras da fêmea se ergueram até o limite dos cabelos.

— Sério?

Cassian enfiou a mão no bolso das vestes de couro para tirar a sacola de dinheiro e estendê-la para a illyriana.

— Isso deve dar.

Emerie avaliou a pequena bolsa de couro na palma da mão.

— Não preciso de caridade.

— Então tire daí qualquer que seja o custo por suas luvas, e botas, e cachecóis, e casacos e devolva o resto.

Ela não respondeu, simplesmente jogou a sacola no balcão e disparou para a vitrine. Emerie juntou tudo que Cassian pediu em pilhas organizadas, então foi até o quarto dos fundos atrás do balcão e voltou com mais. Até que não houvesse um único trecho vazio no balcão polido e apenas o som de moedas tilintando preenchesse a loja.

Ela silenciosamente devolveu a sacola. Cassian evitou mencionar que Emerie era um dos poucos illyrianos que aceitara seu dinheiro. A maioria cuspira nele ou o atirara no chão. Mesmo depois que Rhys se tornara Grão-Senhor.

Emerie verificou as pilhas de mercadorias de inverno no balcão.

— Quer que eu procure bolsas e caixas?

Ele balançou a cabeça.

— Isso não será necessário.

De novo, as sobrancelhas escuras dela se ergueram.

Cassian levou a mão à sacola de dinheiro e colocou três pesadas moedas no único espaço vazio que conseguiu encontrar no balcão.

— Para os custos de entrega.

— Para quem? — disparou ela.

— Você mora acima da loja, não é? — Ela assentiu bruscamente. — Então presumo que saiba o bastante sobre este acampamento e quem tem muito e quem não tem nada. Uma tempestade vai chegar em poucos dias. Eu gostaria que você distribuísse isto entre aqueles que podem ser mais afetados.

Emerie piscou, e Cassian a viu reconsiderar. A fêmea estudou as mercadorias empilhadas.

— Eles... muitos deles não gostam de mim — explicou ela, mais baixo do que Cassian ouvira antes.

— Também não gostam de mim. Está em boa companhia.

Um relutante curvar de lábios diante daquilo. Não exatamente um sorriso. Certamente não com um macho que ela não conhecia.

— Considere boa propaganda para esta loja — prosseguiu Cassian. — Diga que foi um presente do Grão-Senhor deles.

— Por que não seu?

Cassian não queria responder àquilo. Não naquele dia.

— Melhor me deixar fora disso.

Emerie o avaliou por um momento, então assentiu.

— Vou me certificar de que isto seja entregue aos que mais precisam até o pôr do sol.

Cassian inclinou a cabeça em agradecimento e seguiu para a porta de vidro. Somente a porta e as janelas daquela construção provavelmente tinham custado mais do que a maioria dos illyrianos podia pagar em anos.

Proteus fora um homem rico, um bom comerciante. E um guerreiro decente. Para ter arriscado essa vida ao ir à guerra, ele devia ter algum pingo de orgulho.

Mas as cicatrizes nas asas de Emerie, prova de que ela jamais sentiria o vento de novo...

Uma parte de Cassian desejou que Proteus ainda estivesse vivo. Apenas para que ele mesmo pudesse matar o macho.

O guerreiro levou a mão à maçaneta de bronze, o metal frio contra sua palma.

— Lorde Cassian.

Ele olhou por cima do ombro para o balcão, onde Emerie ainda estava parada, mas não se incomodou em corrigi-la, em dizer que não aceitava e jamais aceitaria usar *lorde* antes do nome.

— Feliz Solstício — disse ela, seriamente.

Cassian deu um sorriso.

— Para você também. Mande notícias se tiver problemas com as entregas.

O queixo fino da fêmea se ergueu.

— Tenho certeza de que não precisarei.

Fogo naquelas palavras. Emerie faria com que as famílias as aceitassem, quisessem elas ou não.

Cassian vira aquele fogo antes — e o aço. Ele se perguntou, mais ou menos curioso, o que aconteceria se as duas se conhecessem. O que sairia do encontro.

Empurrando a porta com o ombro, Cassian saiu da loja para o dia congelante, com o tilintar do sino atrás dele. Um arauto da tempestade por vir.

Uma que estava se formando ali por muito, muito tempo.

# CAPÍTULO 9

*Feyre*

Eu não deveria ter jantado.

Era o pensamento que se agitava em minha mente à medida que me aproximava do estúdio que Ressina ocupava, a escuridão intensa acima. Conforme reparava nas luzes que se derramavam na rua congelada, misturando-se com o brilho das lâmpadas.

Àquela hora, três dias antes do Solstício, estava lotada de consumidores — não apenas residentes do bairro, mas também aqueles que moravam do outro lado da cidade e no campo. Eram tantos Grão-Feéricos e feéricos, muitos de tipos que eu jamais vira antes. Mas todos sorrindo, todos parecendo brilhar de alegria e boa vontade. Era impossível não sentir o latejar daquela energia sob a pele, mesmo quando meus nervos ameaçavam me mandar voando para casa, com ou sem o vento frígido.

Eu tinha arrastado uma sacola de suprimentos até ali, com uma tela presa debaixo do braço, sem saber se seriam fornecidos ou se pareceria grosseiro aparecer no estúdio de Ressina e dar a impressão de ter *esperado* que me dessem o necessário. Eu tinha caminhado da casa da cidade até lá, sem querer atravessar com tantas coisas e sem querer arriscar perder a tela para o puxão do vento gelado se eu voasse.

Além de me manter aquecida, me proteger do vento enquanto estivesse *voando*, no ar, era algo que eu também precisava dominar, apesar das ocasionais aulas com Rhys e Azriel. Com o peso adicional nos braços e o frio... eu não sabia como os illyrianos faziam aquilo, quanto mais no alto das montanhas, onde era frio o ano todo.

Talvez eu descobrisse em breve, se as lamúrias e o descontentamento se espalhassem pelos campos de guerra.

Não era hora de pensar naquilo. Meu estômago já estava bastante inquieto.

Parei a uma casa do estúdio de Ressina, com as mãos suando dentro das luvas.

Jamais tinha pintado com um grupo antes. Raramente gostava de compartilhar minhas pinturas.

E essa primeira vez diante de uma tela desde a guerra, sem saber o que poderia sair jorrando de dentro de mim...

Um puxão no laço.

*Tudo bem?*

Uma pergunta suave, casual. A cadência da voz de Rhys acalmava os tremores ao longo de meu corpo.

Ele tinha me dito para onde planejava ir no dia seguinte. Sobre o que planejava investigar.

Havia me perguntado se eu gostaria de ir junto.

Eu tinha respondido que não.

Talvez eu devesse a Tamlin a vida de meu parceiro, talvez eu tenha dito a Tamlin que desejava a ele paz e felicidade, mas não queria vê-lo. Nem falar com ele. Nem lidar com ele. Não por um bom e longo tempo. Quem sabe para sempre.

Acredito que, pelo fato de haver me sentido pior depois de recusar o convite de Rhys, eu tivesse me aventurado no Arco-Íris essa noite.

Mas diante do estúdio comunal de Ressina, já ouvindo as risadas fluindo do lugar onde ela e outros tinham se reunido para a pintura semanal, minha determinação se extinguiu.

*Não sei se consigo fazer isso.*

Rhys ficou quieto por um momento. *Quer que eu vá junto?*

*Para pintar?*
*Eu daria um excelente modelo nu.*
Sorri, sem ligar para o fato de que estava sozinha na rua, inúmeras pessoas passando por mim. O capuz escondia grande parte de meu rosto mesmo. *Me perdoe, mas não creio que eu tenha vontade de compartilhar sua magnificência com mais alguém.*
*Então talvez eu modele para você depois.* Uma carícia sensual pelo laço fez meu sangue ferver. *Faz um tempo desde que fizemos algo envolvendo tintas.*
Aquele chalé e a mesa da cozinha surgiram em minha mente, e minha boca ficou um pouco seca. *Libertino.*
Uma risada. *Se quiser entrar, então entre. Se não quiser, não entre. A decisão é sua.*
Franzi a testa para a tela enfiada sob um de meus braços, a caixa de tintas aninhada sob o outro. Franzi a testa para o estúdio a quase dez metros de distância, com sombras espessas entre mim e aquela torrente dourada de luz.
*Sei o que quero fazer.*

☩

Ninguém reparou quando atravessei para dentro da galeria-estúdio coberta com tábuas no fim da rua.
E com as tábuas sobre as janelas, ninguém reparou nas bolas de luz feérica que acendi e dispus flutuando no ar com um vento suave.
É evidente que, com as tábuas sobre as janelas e nenhum ocupante durante meses, o salão principal estava congelando. Frio o bastante para que eu apoiasse meus suprimentos no chão e caminhasse na ponta dos pés ao avaliar o espaço.
Provavelmente fora lindo antes do ataque: uma imensa janela se voltava para o sul, deixando entrar sol infinitamente, e claraboias — também fechadas com tábuas — pontuavam o teto abaulado. A galeria tinha talvez 10 metros de largura por 15 metros de profundidade, com um balcão contra uma parede a meio caminho para os fundos e uma porta para o que só podia ser o espaço do estúdio ou o armazém. Uma rápida avaliação me informou que eu estava

mais ou menos certa: o armazém era nos fundos, mas não havia luz natural para pintura. Apenas janelas estreitas acima de uma fileira de pias quebradas, alguns balcões de metal ainda manchados de tinta e antigos suprimentos de limpeza.

E tinta. Não tinta de fato, mas o *cheiro* dela.

Inspirei profundamente, sentindo-o se assentar em meus ossos, deixando que a quietude do espaço se assentasse também.

A galeria na frente tinha sido o estúdio dela também. Polina devia pintar enquanto conversava com clientes que avaliavam a arte pendurada, cujas silhuetas eu mal conseguia discernir contra as paredes brancas.

O piso era de pedra cinza, e cacos de vidro estilhaçado ainda brilhavam entre as fendas.

Eu não queria fazer essa primeira pintura na frente dos outros.

Eu mal conseguia fazê-la para mim. Era o bastante para afastar qualquer culpa com relação a ignorar a oferta de Ressina para que me juntasse a ela. Eu não tinha feito promessas.

Então conjurei minhas chamas para começar a aquecer o espaço, dispondo pequenas bolas incandescentes no ar ao longo da galeria. Acendendo-a mais. Aquecendo-a de volta à vida.

Em seguida saí em busca de um banquinho.

# Capítulo 10

*Feyre*

Pintei, e pintei, e pintei.

Meu coração galopou o tempo todo, constante como um tambor de guerra.

Pintei até ter cãibra nas costas e meu estômago roncar, exigindo chocolate quente e uma guloseima.

Eu soube o que precisava sair de mim assim que me sentei no banquinho bambo resgatado dos fundos.

Mal havia conseguido segurar o pincel firme o bastante para dar as primeiras poucas pinceladas. Por medo, sim. Eu era sincera o suficiente comigo mesma para admitir isso.

Mas também devido à mera libertação do ato, como se eu fosse um cavalo de corrida libertado da baia; a imagem em minha mente era uma visão deslumbrante que eu corria para acompanhar.

Mas ela começou a surgir. Começou a tomar forma.

E ao seu encalço, um tipo de silêncio seguiu, como se fosse uma camada de neve cobrindo a terra. Limpando o que havia abaixo.

Mais purificante, mais tranquilizador do que qualquer uma das horas que eu tinha passado reconstruindo aquela cidade. Igualmente satisfatório, sim, mas a pintura, com a libertação e o enfrentamento, era um alívio. Um primeiro ponto para fechar um ferimento.

Os sinos da torre de Velaris cantaram meia-noite antes que eu parasse.

Antes que eu largasse o pincel e encarasse o que tinha criado.

Encarasse o que me olhava de volta.

Eu.

Ou como eu era no Uróboro: aquela besta de escamas, garras e escuridão; ódio, alegria e frieza. Tudo de mim. O que espreitava sob minha pele.

Eu não tinha fugido dela então. Nem fugi agora.

Sim, o primeiro ponto para fechar um ferimento. Era essa a sensação.

Com o pincel equilibrado entre os joelhos, com aquela besta para sempre na tela, meu corpo ficou um pouco lânguido. Sem ossos.

Observei a galeria, a rua atrás das janelas cobertas com tábuas. Ninguém viera perguntar sobre as luzes durante as horas em que estive ali.

Fiquei de pé por fim, resmungando ao me espreguiçar. Não podia levar a pintura comigo. A tinta ainda precisava secar, e o ar noturno úmido que vinha do rio e do mar distante podia ser terrível para a tela.

Eu certamente não a levaria de volta para a casa da cidade para que alguém a encontrasse. Nem mesmo Rhys.

Mas ali... Ninguém saberia, caso entrasse na galeria, quem a pintara. Eu não tinha assinado. Não queria.

Se deixasse ali para secar da noite para o dia, se eu voltasse no dia seguinte, certamente haveria algum armário na Casa do Vento onde eu poderia escondê-la depois.

Amanhã, então. Eu voltaria amanhã para reivindicá-la.

# CAPÍTULO 11

*Rhysand*

Era a Corte Primaveril, mas não era.

Não era a terra pela qual eu tinha caminhado séculos atrás, ou mesmo a que visitara havia quase um ano.

O sol estava ameno, o dia, claro. Os cornisos e as lilases ao longe ainda estavam em florescência eterna.

Ao longe — porque, na propriedade, nada florescia.

As rosas cor-de-rosa que um dia subiram pelas pálidas paredes de pedra da vasta mansão não passavam de teias emaranhadas de espinhos. As fontes tinham secado, e as sebes estavam sem poda e sem forma.

A própria casa parecera melhor no dia seguinte ao que os capachos de Amarantha a haviam depredado.

Não por qualquer sinal visível de destruição, mas pela quietude geral. Pela falta de vida.

Embora as grandes portas de carvalho estivessem inegavelmente piores. Marcas de garras profundas e longas as cortavam.

De pé no último degrau da escada de mármore que dava naquelas portas da entrada, avaliei as ranhuras brutais. Apostaria meu dinheiro que Tamlin as fez depois que Feyre deixou tanto ele quanto a corte.

Mas o temperamento de Tamlin sempre fora sua ruína. Qualquer dia ruim poderia ter culminado naqueles sulcos.

Talvez o dia de hoje se encerrasse com mais alguns deles.

Um sorrisinho veio fácil, assim como a pose casual, com a mão no bolso de meu casaco preto; nenhuma asa ou couro illyriano estava à vista conforme bati nas portas destruídas.

Silêncio.

Então...

Tamlin abriu a porta pessoalmente.

Eu não tinha certeza do que notar primeiro: o macho desleixado diante de mim ou a casa escura atrás dele.

Um alvo fácil. Um alvo fácil demais, debochar das roupas um dia requintadas e agora desesperadas por uma lavagem, além dos cabelos embaraçados que precisavam de um corte. A mansão vazia, nenhum criado à vista, nenhuma decoração de Solstício em evidência.

Os olhos verdes que encararam os meus não eram aqueles com os quais eu estava acostumado também. Assombrados e vazios. Sem qualquer brilho.

Seria uma questão de minutos dilacerá-lo, corpo e alma. Terminar o que, sem dúvida, começara no dia em que Feyre me chamara silenciosamente para o casamento deles, o qual compareci.

Mas... paz. Queríamos paz.

Eu poderia dilacerá-lo depois que a obtivéssemos.

— Lucien alegou que você viria — disse Tamlin como cumprimento, a voz tão inexpressiva e sem vida quanto seus olhos; a mão ainda apoiada na porta.

— Engraçado, achei que a parceira dele fosse a vidente.

Tamlin apenas me fitou, ignorando o comentário ou não entendendo a piada.

— O que você quer?

Nenhum indício de barulho atrás dele. Ou em qualquer acre da propriedade. Nem mesmo a nota da canção de um pássaro.

— Vim para uma conversinha. — Ofereci a Tamlin um sorriso que eu sabia que o deixaria furioso. — Seria um incômodo tomarmos uma xícara de chá?

✥

Os corredores estavam apagados, e as cortinas bordadas, fechadas.
Uma tumba.
Aquele lugar era uma tumba.
A cada passo na direção do que um dia fora a biblioteca, a poeira e o silêncio nos sufocavam.
Tamlin não falou nada, não ofereceu explicações para a casa vazia. Para os cômodos por que passamos, algumas das portas entalhadas entreabertas o suficiente para que eu visse a destruição do lado de dentro.
Mobília quebrada, pinturas rasgadas, paredes rachadas.
Lucien não fora lá para fazer as pazes durante o Solstício, percebi quando Tamlin abriu a porta da biblioteca escura.
Lucien fora por pena. Piedade.
Minha visão se ajustou à escuridão antes que Tamlin gesticulasse, acendendo as luzes feéricas nas esferas de vidro.
Ele ainda não destruíra aquele cômodo. Provavelmente me levara para o único aposento da casa que tinha mobília utilizável.
Fiquei de boca fechada conforme caminhamos para uma grande mesa no centro do espaço, então Tamlin ocupou uma poltrona estofada e ornamentada diante do móvel. A única coisa parecida com um trono naquela devastação.
Sentei em uma poltrona idêntica na frente dele, e a madeira pálida rangeu em protesto. O conjunto provavelmente se destinava a acomodar cortesãos fofocando, não dois guerreiros enormes.
O silêncio recaiu, tão espesso quanto o vazio da casa.
— Se veio se vangloriar, pode poupar seu esforço.
Levei a mão ao peito.
— Por que eu deveria me incomodar?
Nenhum humor.

— Sobre o que queria conversar?

Fui exagerado ao observar os livros e o teto abaulado pintado.

— Onde está meu caro amigo Lucien?

— Caçando nosso jantar.

— Não tem gosto por essas coisas ultimamente?

Os olhos de Tamlin permaneceram vazios.

— Ele saiu antes que eu acordasse.

Caçar o jantar — porque não havia criados ali para fazer comida. Ou para comprá-la.

Eu não podia dizer que me sentia mal por ele.

Apenas por Lucien, mais uma vez incumbido de ser capacho de Tamlin.

Cruzando a perna, com o tornozelo sobre o joelho, me recostei na poltrona.

— Que boato foi esse que ouvi sobre você não delimitar suas fronteiras?

Um segundo de silêncio. Então Tamlin indicou a porta.

— Está vendo alguma sentinela por aqui para fazer isso?

Até mesmo elas o haviam abandonado. Interessante.

— Feyre fez o trabalho completo, não foi?

Um lampejo de dentes brancos, um brilho de luz nos olhos do Grão-Senhor.

— Com sua orientação, não tenho dúvida.

Eu sorri.

— Ah, não. Aquilo foi tudo dela. Inteligente, não é?

Tamlin apertou o braço curvo da poltrona.

— Achei que o Grão-Senhor da Corte Noturna não se incomodaria em se vangloriar.

— Suponho que pense que eu deveria agradecer por você ter se voluntariado para ajudar a me ressuscitar. — Não sorri ao replicar.

— Não crio ilusões. O dia em que você me agradecer por qualquer coisa, Rhysand, será o dia em que os fogos incandescentes do inferno gelarão.

— Poético.

Um grunhido baixo.

Fácil demais. Era fácil demais atraí-lo, incitá-lo. E embora eu tentasse me lembrar da muralha, da paz de que precisávamos, falei:

— Você salvou a vida de minha parceira em várias ocasiões. Serei sempre grato por isso.

Eu sabia que as palavras tinham atingido o alvo. *Minha parceira.*

Baixo. Era um golpe baixo. Eu tinha tudo — *tudo* que sempre desejei, com que sonhei, implorei às estrelas que me dessem.

Ele não tinha nada. Recebera tudo e desperdiçara. Não merecia minha pena, minha simpatia.

Não, Tamlin merecia o que tinha acontecido, aquele fiasco de vida.

Merecia cada cômodo vazio, cada galho de espinhos, cada refeição que precisava caçar para si.

— Ela sabe que você está aqui?

— Ah, certamente sabe. — Um olhar para o rosto de Feyre quando eu a tinha convidado para vir comigo me dera a resposta antes que ela a proferisse: minha parceira não tinha interesse em jamais ver o macho que estava diante de mim de novo.

— E — prossegui — ela ficou tão perplexa quanto eu ao descobrir que suas fronteiras não estão delimitadas como esperávamos.

— Com o fim da muralha, eu precisaria de um exército para vigiá-las.

— Isso pode ser providenciado.

Um grunhido baixo ecoou de Tamlin, e um lampejo de garras brilhou em suas articulações.

— Não vou deixar os de sua estirpe entrarem em minhas terras.

— Minha *estirpe*, como os chama, travou a maior parte da guerra que *você* ajudou a causar. Se precisa de patrulhas, eu fornecerei os guerreiros.

— Para proteger os humanos de nós? — Um riso de escárnio.

Minhas mãos coçavam para se fechar em volta do pescoço de Tamlin. De fato, sombras se enroscaram na ponta de meus dedos, arautos das garras à espreita logo abaixo.

Essa casa — eu odiava essa casa. Eu a tinha odiado desde o momento em que colocara os pés ali naquela noite, quando o sangue da Corte Primaveril escorrera como pagamento por uma dívida que jamais poderia ser retribuída. Pagamento por dois pares de asas pregados no escritório.

Tamlin as queimara havia muito tempo, contara Feyre. Não fazia diferença. Ele estivera lá no dia.

Dera a seu pai e aos irmãos a informação sobre onde minha irmã e mãe estariam me esperando para encontrá-las. E não fizera nada para ajudar enquanto elas eram massacradas.

Eu ainda via a cabeça delas naquelas cestas, o rosto ainda estampando medo e dor. E as via novamente enquanto olhava para o Grão-Senhor da Primaveril, nós dois coroados na mesma noite sangrenta.

— Para proteger humanos de nós, sim — falei, com a voz ficando perigosamente baixa. — Para manter a paz.

— Que paz? — As garras deslizaram de volta para baixo da pele quando Tamlin cruzou os braços, menos musculosos do que na última vez que os vira nos campos de batalha. — Nada está diferente. A muralha se foi, só isso.

— Podemos fazer com que seja diferente. Melhor. Mas apenas se começarmos do jeito certo.

— Não permitirei sequer um troglodita da Corte Noturna em minhas terras.

O povo dele o odiava o bastante, ao que parecia.

E com aquela palavra — *troglodita* —, me enchi. Território perigoso. Para mim, pelo menos. Por deixar que meu temperamento me vencesse. Pelo menos perto dele.

Eu me levantei, mas Tamlin não se incomodou em ficar de pé.

— Você fez por merecer cada uma dessas coisas — afirmei, com a voz ainda baixa. Não precisava gritar para mostrar minha raiva. Nunca havia precisado.

— Você venceu — disparou ele, inclinando-se para a frente. — Tem sua *parceira*. Isso não basta?

— Não.

A palavra ecoou pela biblioteca.

— Você quase a destruiu. Em todos os aspectos.

Tamlin exibiu os dentes. Eu exibi os meus, ao inferno com o temperamento. Que parte de meu poder ressoasse pelo cômodo, pela casa, pelo território.

— Mas ela sobreviveu. Sobreviveu a *você*. E ainda assim você sentiu a necessidade de humilhá-la, de inferiorizá-la. Se queria reconquistá-la, velho amigo, esse não foi o caminho mais sábio.

— Saia.

Eu não tinha terminado. Não estava nem perto disso.

— Merece tudo que recaiu sobre você. Merece esta casa patética e vazia, suas terras assoladas. Não me importa se ofereceu aquela semente de vida para me salvar, não me importa que ainda ame minha parceira. Não me importa que a salvou de Hybern, ou de mil inimigos antes disso. — As palavras saíam despejadas, frias e firmes. — Espero que viva o resto de sua vida miserável sozinho aqui. É um fim muito mais satisfatório do que assassinar você. — Feyre certa vez chegara à mesma conclusão. Eu tinha concordado com ela então, ainda concordava, mas agora entendia de verdade.

Os olhos verdes de Tamlin se tornaram selvagens.

Eu me preparei para aquilo, estava pronto — *queria* aquilo. Que ele explodisse para fora daquela poltrona e se atirasse contra mim, que suas garras começassem a cortar.

Meu sangue latejou nas veias, e meu poder se encolheu dentro do corpo.

Podíamos destruir a casa com nossa briga. Transformá-la em escombros. E então eu transformaria as pedras e a madeira em nada além de poeira preta.

Mas Tamlin apenas encarou. Depois de um segundo, os olhos dele se abaixaram para a escrivaninha.

— Saia.

Pisquei, o único sinal de minha surpresa.

— Não está a fim de uma briga, Tamlin?

Ele não se incomodou em me olhar de novo.

— Saia — foi tudo o que falou.

Um macho destruído.

Destruído, devido às próprias ações, às próprias escolhas.

Não era de minha conta. Ele não merecia minha compaixão.

Mas conforme atravessei para ir embora, com o vento escuro ondulando ao redor, um tipo estranho de vazio se arraigou em meu âmago.

Tamlin não tinha escudos em torno da casa. Nada para impedir que alguém atravessasse para dentro, nada para se proteger contra inimigos que pudessem surgir em seu quarto e cortar sua garganta.

Era quase como se quisesse que alguém fizesse aquilo.

✢

Encontrei Feyre caminhando para casa provavelmente depois de fazer compras, pois estava com algumas bolsas penduradas nas mãos enluvadas.

O sorriso dela no momento que aterrissei a seu lado, levantando a neve ao redor, foi como um soco no coração.

Ele se dissipou imediatamente, no entanto, quando ela leu minha expressão.

Mesmo no meio da rua atribulada, Feyre levou a mão até minha bochecha.

— Tão ruim assim?

Assenti, inclinando-me para seu toque. O máximo que consegui.

Feyre deu um beijo em minha boca, com lábios quentes o suficiente para que eu percebesse que tinha esfriado.

— Caminhe para casa comigo — disse ela, passando o braço pelo meu e se aproximando.

Obedeci, tirando as sacolas de suas mãos. Ao passarmos pelos quarteirões, cruzando o gélido Sidra e então subindo as colinas íngremes, contei a ela. Tudo o que tinha dito a Tamlin.

— Depois de ter ouvido você arrasar com Cassian, diria que pegou relativamente leve — observou ela quando concluí.

Ri com deboche.

— Protanidades não eram necessárias nesse caso.

Ela contemplou minhas palavras.

— Você foi porque está preocupado com a muralha, ou apenas porque queria dizer tudo isso a ele?

— Ambas as coisas. — Não conseguia mentir para ela a respeito daquilo. — E talvez por querer matá-lo.

Preocupação brilhou nos olhos de Feyre.

— De onde veio isso?

Eu não sabia.

— Eu só... — As palavras me falharam.

O braço dela apertou o meu e eu me virei para estudar seu rosto. Aberto, compreensivo.

— As coisas que você disse... não estavam erradas — ofereceu Feyre. Sem julgamento, sem raiva.

Um certo vazio dentro de mim se preencheu um pouco.

— Eu deveria ter sido o melhor macho entre nós dois.

— Você é o melhor macho na maior parte dos dias. Tem direito a um deslize. — Ela deu um amplo sorriso. Forte como a lua cheia, mais belo do que qualquer estrela.

Eu ainda não tinha comprado um presente de Solstício para minha parceira. Nem um presente de aniversário.

Feyre inclinou a cabeça quando franzi da testa, e sua trança deslizou sobre um ombro. Passei a mão por ela, aproveitando as mechas sedosas contra meus dedos congelados.

— Encontro você em casa — falei, entregando as sacolas a Feyre mais uma vez.

Foi a vez dela de franzir a testa.

— Aonde vai?

Beijei sua bochecha, inspirando seu cheiro de lilás e pera.

— Tenho alguns afazeres ainda. — E olhar para Feyre, caminhar ao seu lado, fazia pouco para acalmar o ódio que ainda se acumulava dentro de mim. Não quando aquele lindo sorriso me fazia querer atravessar de volta para a Corte Primaveril e enfiar minha lâmina illyriana na barriga de Tamlin.

O melhor macho, de fato.

— Vá pintar meu retrato nu — sugeri, piscando um olho, então disparei para o céu amargamente frio.

O som da risada de Feyre dançou comigo até o Palácio de Linhas e Joias.

༺༻

Observei a seleção que minha joalheira preferida tinha disposto em veludo preto sobre o balcão de vidro. À luz da aconchegante loja que ladeava o Palácio, as peças brilhavam com um fogo interior, chamando.

Safiras, esmeraldas, rubis... Feyre tinha tudo. Bem, em quantidades moderadas. Exceto por aquelas pulseiras de diamante sólido que eu dera a ela para a Queda das Estrelas.

Feyre as usara apenas duas vezes:

Naquela noite em que tínhamos dançado até o alvorecer, eu mal ousando esperar para que Feyre começasse a retribuir uma fração do que eu sentia por ela.

E na noite em que tínhamos voltado para Velaris, depois daquela batalha final contra Hybern. Quando ela usara *apenas* aquelas pulseiras.

— Por mais que sejam lindas, Neve, não acho que a milady queira joias para o Solstício — disse para a feérica esguia e etérea atrás do balcão, balançando a cabeça.

Um gesto de ombros que não foi de forma nenhuma de decepção. Eu era um cliente assíduo o bastante para que Neve soubesse que em algum momento faria uma venda.

Ela deslizou a bandeja para baixo do balcão e tirou outra, as mãos envoltas em noite movendo-se suavemente.

Não era um espectro, mas algo semelhante, com a silhueta alta e esguia envolta em sombras permanentes, apenas com os olhos — como brasas brilhando — visíveis. O restante tendia a entrar e sair de vista, como se as sombras se abrissem para revelar a mão escura, um ombro, um pé. Todos do povo dela eram mestres joalheiros, vivendo nas mais profundas minas montanhosas de nossa corte. A maioria das heranças de nossa casa tinha sido feita pelas Tartera, inclusive as pulseiras e as coroas de Feyre.

Neve gesticulou a mão sombreada sobre a bandeja que dispusera.

— Eu tinha escolhido estas mais cedo, se não for presunçoso demais, para considerar para a senhora Amren.

De fato, todas aquelas *cantavam* o nome de Amren. Grandes pedras, armações delicadas. Joias poderosas para minha amiga poderosa. Que tinha feito tanto por mim, por minha parceira — por nosso povo. Pelo mundo.

Observei as três peças. Suspirei.

— Levarei todas elas.

Os olhos de Neve brilharam como uma forja viva.

# Capítulo
# 12

*Feyre*

— Que inferno está acontecendo aqui?

Na noite seguinte, ao acenar para a pilha de galhos de pinheiro jogados no tapete vermelho ornamentado no centro do saguão, Cassian sorriu e disse:

— Decorações de Solstício. Direto do mercado.

Havia neve agarrada nos ombros largos do guerreiro, assim como nos cabelos pretos, e as bochechas estavam coradas de frio.

— Chama isso de decoração?

Ele deu um sorriso irônico.

— Uma pilha de pinho no meio do chão é tradição da Corte Noturna.

Cruzei os braços.

— Engraçadinho.

— Estou falando sério. — Fiz cara de irritação e Cassian riu. — É para as molduras das lareiras, para o corrimão e para onde mais precisar, espertinha. Quer ajudar? — Ele tirou o pesado casaco, revelando uma jaqueta preta e uma camisa por baixo, então o pendurou no armário do corredor. Eu permaneci onde estava e bati o pé.

— O quê? — perguntou ele, erguendo as sobrancelhas. Era raro vê-lo em qualquer coisa que não fossem as vestes de couro illyrianas, mas as roupas, embora não tão requintadas quanto qualquer coisa que Rhys ou Mor em geral favoreciam, lhe caíam bem.

— Largar um monte de árvores a meus pés é realmente como você diz oi agora? Um tempinho naquele acampamento illyriano e você se esquece de todos os modos.

Cassian estava diante de mim em um segundo, me levantando do chão para me girar até que eu estivesse prestes a vomitar. Bati em seu peito, xingando.

Ele me colocou no chão finalmente.

— O que comprou para mim de Solstício?

Bati no braço do illyriano.

— Uma pilha imensa de cale a boca. — Ele riu de novo e pisquei um olho. — Chocolate quente ou vinho?

Cassian curvou uma asa em torno de mim, nos voltando para a porta da adega.

— Quantas garrafas boas o Rhysinho ainda tem?

Antes de Azriel chegar, bebemos duas delas, demos uma olhada em nossas tentativas bêbadas de decorar e começamos a consertar antes que mais alguém visse a bagunça que tínhamos feito.

Deitados em um sofá diante da fogueira de bétula na sala, ríamos como demônios enquanto o encantador de sombras endireitava os festões e as guirlandas que tínhamos jogado sobre as coisas, varria folhas de pinheiro que tínhamos espalhado pelos tapetes e basicamente balançava a cabeça em reprovação diante de tudo.

— Az, relaxe por um minuto — disse Cassian, com a voz arrastada, gesticulando com a mão. — Tome um vinho. Coma biscoitos.

— Tire o casaco — acrescentei, apontando a garrafa na direção do encantador de sombras, que nem se incomodara em fazer isso antes de arrumar nossa bagunça.

Azriel esticou um trecho caído de guirlanda sobre o batente da janela.

— É quase como se vocês dois tivessem *tentado* fazer tudo o mais feio possível.

Cassian levou a mão ao peito.

— Isso nos ofende.

Azriel suspirou para o teto.

— Pobre Az — falei, me servindo de outra taça. — Vinho fará com que se sinta melhor.

Ele me olhou com raiva, então se voltou para a garrafa e para Cassian... e finalmente caminhou batendo os pés pela sala, tirou a garrafa de minha mão e entornou o resto. Cassian sorriu com prazer.

Em grande parte porque Rhys surgiu à porta e disse preguiçosamente:

— Ora, pelo menos agora sei quem anda bebendo todo meu vinho bom. Quer outro, Az?

Azriel quase cuspiu o vinho na lareira, mas se obrigou a engolir antes de se virar para Rhys, com o rosto vermelho.

— Eu gostaria de explicar...

Meu parceiro riu, e o som exuberante ecoou pelas molduras de carvalho da sala.

— Cinco séculos e acha que não sei que, se meu vinho some, é Cassian quem costuma estar por trás disso?

Cassian levantou a taça em um brinde.

Rhys observou a sala e riu.

— Consigo dizer exatamente quais vocês dois fizeram e quais Azriel tentou consertar antes de eu chegar. — O encantador de sombras estava, de fato, esfregando a têmpora. Rhys ergueu uma sobrancelha para mim. — Esperava mais de uma artista.

Mostrei a língua para ele.

Um segundo depois, sua voz soou em minha mente: *Guarde essa língua para depois. Tenho planos para ela.*

Meus dedos dos pés se curvaram nas meias espessas e altas.

— Está um frio dos infernos! — gritou Mor do corredor da entrada, me assustando e me tirando do calor que se acumulava em meu centro. — E quem foi que deixou Cassian e Feyre decorarem?

Azriel engasgou no que eu podia jurar ser uma risada, o rosto normalmente coberto por sombras se alegrando quando Mor irrompeu, rosada de frio e soprando ar nas mãos. Ela, no entanto, fez cara de raiva.

— Vocês dois não podiam esperar até eu chegar para abrir o vinho bom?

— Estávamos apenas começando com a coleção de Rhys — respondeu Cassian, quando eu apenas sorri.

Meu parceiro coçou a cabeça.

— *Está aí* para que todos bebam, sabe. Sirvam-se do que quiserem.

— Palavras perigosas, Rhysand — avisou Amren, caminhando pela porta, quase engolida pelo enorme casaco de pele branco que usava. Apenas os cabelos pretos na altura do queixo e os olhos de prata sólida eram visíveis acima da gola. Ela parecia...

— Você parece uma bola de neve irritada — zombou Cassian.

Apertei os lábios para segurar o riso. Rir de Amren não era sábio. Mesmo agora que a maioria de seus poderes se fora e ela estava permanentemente no corpo de Grã-Feérica.

A bola de neve irritada semicerrou os olhos para ele.

— Cuidado, menino. Não iria querer começar uma guerra que não pode vencer. — Ela desabotoou a gola de modo que todos ouvimos nitidamente quando Amren ronronou: — Principalmente com Nestha Archeron vindo para o Solstício em dois dias.

Senti a onda que passou por eles — entre Cassian, Mor e Azriel. Senti o temperamento cru que estremeceu de Cassian, toda a alegria semibêbada subitamente sumindo. Com a voz grave, ele disparou:

— Cale a boca, Amren.

Mor observava tão atentamente que era difícil não encarar. Olhei para Rhys em vez disso, mas uma expressão de contemplação tinha tomado o rosto dele.

Amren apenas sorriu, abrindo os lábios vermelhos o bastante para mostrar grande parte dos dentes brancos, então caminhou até o armário do corredor da frente.

— Vou gostar de vê-la destruir você. Quer dizer, se ela aparecer sóbria — disse, por cima do ombro.

E aquilo era o suficiente. Rhys pareceu chegar à mesma conclusão, mas antes que ele pudesse dizer algo, interrompi:

— Deixe Nestha fora disso, Amren.

Ela lançou um olhar em minha direção que poderia ser considerado um pedido de desculpas, mas apenas afirmou, enfiando o enorme casaco no armário:

— Varian está vindo, então lidem com isso.

✚

Elain estava na cozinha, ajudando Nuala e Cerridwen a preparar a refeição da noite. Mesmo faltando duas noites para o Solstício, todos já tinham descido para a casa da cidade.

Exceto uma pessoa.

— Alguma notícia de Nestha? — perguntei à minha irmã como cumprimento.

Elain se afastou dos pães quentíssimos recém-saídos do forno, com parte dos cabelos presa e com o avental sobre o vestido rosa-chá sujo de farinha. Então piscou; os grandes olhos castanhos estavam nítidos.

— Não. Eu disse a ela que se juntasse a nós esta noite e que me avisasse quando tivesse decidido. Não ouvi resposta.

Ela agitou um pano de prato sobre os pães para esfriá-los levemente, então ergueu um deles e deu uma batidinha na parte de baixo. Um ruído oco soou em resposta, o que foi suficiente para ela.

— Acha que vale a pena ir buscá-la?

Elain passou o pano de prato sobre o ombro magro e puxou as mangas até o cotovelo. Sua pele tinha ganhado cor nos últimos meses — pelo menos antes de o tempo frio se estabelecer. O rosto dela também ficara mais rechonchudo.

— Está me perguntando como irmã ou como clarividente?

Mantive o rosto calmo, agradável, e inclinei o corpo contra a bancada.

Minha irmã não mencionara mais visões. E não tínhamos pedido que ela usasse os dons. Se ainda existiam após a destruição e então reconstrução do Caldeirão, eu não sabia. Não queria perguntar.

— Você conhece Nestha melhor — respondi, com cautela. — Achei que gostaria de opinar.

— Se Nestha não quer estar aqui esta noite, então trazê-la daria mais trabalho do que vale a pena.

A voz de Elain estava mais fria do que o habitual. Olhei para Nuala, então para Cerridwen, que me deu um aceno de cabeça como se dissesse: *Não é um bom dia para ela.*

Como o restante de nós, a recuperação de Elain era um processo. Ela tinha chorado durante horas no dia em que eu a levei para uma colina coberta de flores selvagens nos arredores da cidade — até a lápide de mármore que eu erguera ali em homenagem a nosso pai.

Eu havia transformado o corpo dele em cinzas depois que o rei de Hybern o matara, mas ele ainda merecia um lugar de descanso. Por tudo que fizera no final, merecia a linda lápide que eu mandara entalhar com seu nome. E Elain merecia um lugar para visitá-lo, para falar com ele.

Ela ia pelo menos uma vez por mês.

Nestha jamais fora. Ignorara o convite para ir conosco naquele primeiro dia. E todas as vezes depois disso.

Ocupei um lugar ao lado de Elain e peguei uma faca do outro lado da mesa para começar a cortar o pão. No fim do corredor, os sons de minha família ecoavam em nossa direção, a risada alegre de Mor soando acima do ronco de Cassian.

Esperei até ter uma pilha de fatias fumegantes para dizer:

— Nestha ainda é parte desta família.

— É mesmo? — Elain abriu o pão seguinte até o fundo. — Ela certamente não age como se fosse.

Escondi o franzir de minha testa.

— Aconteceu alguma coisa quando você a viu hoje?

Minha irmã não respondeu. Apenas continuou cortando o pão.

Então também continuei. Eu não gostava quando outras pessoas me forçavam a falar. Eu retribuía a mesma cortesia.

Trabalhamos em silêncio, depois começamos a encher as bandejas com a comida que Nuala e Cerridwen avisaram estar pronta. As sombras das espiãs as escondiam mais do que o normal para nos dar certa sensação de privacidade. Lancei-lhes um olhar de gratidão, mas as duas balançaram a cabeça. Nenhum agradecimento era necessário. As gêmeas tinham passado mais tempo com Elain do que até mesmo eu. Entendiam os humores dela, do que minha irmã precisava às vezes.

Somente quando nós duas estávamos levando a primeira das bandejas pelo corredor na direção da sala de jantar, Elain falou:

— Nestha disse que não queria vir para o Solstício.

— Tudo bem. — Embora algo em meu peito tivesse se revirado um pouco.

— Ela disse que não queria vir para *nada*. Nunca.

Parei, avaliando a dor e o medo brilhando nos olhos de Elain.

— Ela disse por quê?

— Não. — Raiva, havia raiva em seu rosto também. — Ela simplesmente disse... Ela disse que temos nossas vidas e ela tem a dela.

Dizer isso para mim, tudo bem. Mas para *Elain*?

Exalei, e meu estômago roncou para o prato de frango lentamente assado que eu segurava entre as mãos conforme o cheiro de sálvia e limão enchia meu nariz.

— Vou falar com ela.

— Não — retrucou Elain, simplesmente, e recomeçou a andar, com véus de vapor das batatas assadas com alecrim que segurava ondulando pelos ombros, como se fossem as sombras de Azriel. — Ela não vai ouvir você.

Ao inferno que não ouviria.

— E você? — Eu me obriguei a falar. — Você está... bem?

Elain olhou por cima do ombro para mim quando entramos no saguão e viramos à esquerda, para a sala de jantar. Na sala de estar do outro lado, toda a conversa parou com o cheiro de comida.

— Por que eu não estaria? — perguntou ela, com um sorriso iluminando seu rosto.

Eu já vira aqueles sorrisos. Em meu maldito rosto.

Mas então os demais vieram em bando da sala de estar. Cassian beijou a bochecha de Elain como cumprimento antes de quase a levantar para tirá-la do caminho da mesa de jantar. Amren veio a seguir, fazendo um aceno para minha irmã, seu colar de rubis brilhando à luz feérica espalhada pelas guirlandas no corredor. Então Mor apareceu, estalando um beijo em cada bochecha. Depois Rhys, balançando a cabeça para Cassian, que começou a se servir das bandejas que Nuala e Cerridwen tinham atravessado até lá. Como Elain morava ali, meu parceiro deu apenas um sorriso de cumprimento antes de ocupar sua cadeira à direita de Cassian.

Azriel surgiu da sala de estar com uma taça de vinho na mão e as asas fechadas para trás, revelando a jaqueta e a calça pretas e simples, porém elegantes.

Senti, mais do que vi, minha irmã ficar imóvel quando ele se aproximou. Ela engoliu em seco.

— Vai ficar segurando esse frango a noite toda? — perguntou Cassian, sentado à mesa, para mim.

Com cara de irritação, bati os pés até ele, apoiando a bandeja com força na superfície de madeira.

— Cuspi nele — falei, docemente.

— Só faz ficar mais delicioso — cantarolou Cassian, sorrindo de volta. Rhys deu um risinho, bebendo intensamente do vinho.

Mas caminhei até meu assento — aninhado entre Amren e Mor — a tempo de ver Elain se dirigir a Azriel.

— Oi.

Az não disse nada.

Não, ele seguiu na direção dela.

Mor ficou tensa a meu lado.

Mas Azriel apenas tirou a pesada bandeja de batatas das mãos de Elain e disse com a voz suave como a noite:

— Sente-se. Eu cuido disso.

As mãos de Elain permaneceram no ar, como se o fantasma da bandeja continuasse entre elas. Piscando os olhos, ela as abaixou e reparou no avental.

— Eu... eu volto já — murmurou minha irmã, disparando pelo corredor antes que eu pudesse explicar que ninguém se importava se ela aparecesse para jantar coberta de farinha e que deveria apenas *sentar*.

Azriel apoiou as batatas no centro da mesa, e Cassian mergulhou direto para elas. Ou tentou.

Em um momento, a mão dele estava disparando para a colher de servir. No seguinte, fora impedida, pois os dedos cheios de cicatrizes de Azriel tinham se fechado em torno de seu pulso.

— Espere — disse Azriel, com nada além de comando na voz.

A boca de Mor se escancarou tanto que eu tive certeza de que as ervilhas mastigadas ali dentro cairiam no prato. Amren apenas sorriu com escárnio sobre a borda da taça de vinho.

Cassian arregalou os olhos para ele.

— Esperar pelo *quê*? Molho?

Azriel não o soltou.

— Espere até que todos estejam sentados antes de começar a comer.

— Porco — acrescentou Mor.

Cassian olhou presunçosamente para as ervilhas, o frango, o pão e o presunto já pela metade no prato dela. Mesmo assim, ele relaxou a mão, recostando-se na cadeira.

— Nunca soube que você era um defensor dos bons modos, Az.

Azriel apenas soltou a mão de Cassian e encarou a própria taça de vinho.

Elain entrou, sem avental e com a trança refeita.

— Por favor, não esperem por minha causa — disse ela, ocupando o assento na cabeceira da mesa.

Cassian olhou com raiva para Azriel, que o ignorou propositalmente.

Mas Cassian esperou até que Elain tivesse se servido antes de pegar mais uma colher de qualquer coisa. Assim como os outros.

Encontrei o olhar de Rhys do outro lado da mesa. *O que foi essa cena?*

Rhys cortou o presunto coberto com molho com movimentos habilidosos. *Não teve nada a ver com Cassian.*

*Ah, é?*

Rhys comeu uma garfada, gesticulando com a faca para que eu comesse. *Digamos apenas que isso mexeu com coisas antigas.* Diante de minha pausa confusa, ele acrescentou: *Há algumas cicatrizes por causa de como a mãe dele era tratada. Muitas cicatrizes.*

A mãe de Azriel, que era uma criada — praticamente escravizada — quando ele nasceu. E depois. *Nenhum de nós se incomoda em esperar que todos se sentem, muito menos Cassian.*

*Essas coisas podem ressurgir em momentos estranhos.*

Fiz o melhor para não olhar para o encantador de sombras. *Entendo.*

Virando-me para Amren, estudei o prato dela. Pequenas porções de tudo.

— Ainda se acostumando?

Ela grunhiu, virando as cenouras assadas caramelizadas.

— Sangue tem um gosto melhor.

Mor e Cassian engasgaram.

— E não levava tanto *tempo* para ser consumido — resmungou Amren, levando uma ínfima migalha de frango assado aos lábios pintados de vermelho.

Pequenas e lentas refeições para ela. A primeira refeição normal que comera depois de voltar — uma tigela de sopa de lentilha — a fizera vomitar durante uma hora. Então fora um ajuste gradual. Ainda não conseguia engolir uma refeição como o restante de nós costumava fazer. Se era inteiramente físico ou talvez algum tipo de período de ajuste pessoal, nenhum de nós sabia.

— E há também os outros resultados desagradáveis de comer — prosseguiu Amren, cortando as cenouras em fatias minúsculas.

Azriel e Cassian trocaram um olhar, então ambos pareceram achar seus pratos muito interessantes. Mesmo quando sorrisos repuxaram seus rostos.

— Que tipo de resultados? — perguntou Elain.

— Não responda a isso — pediu Rhys, suavemente, apontando para Amren com o garfo.

Com os cabelos pretos oscilando como uma cortina de noite líquida, Amren sibilou para ele:

— Sabe como é inconveniente precisar encontrar um local para me aliviar *em todo lugar que vou?*

Um chiado veio do lado de Cassian da mesa, mas fechei os lábios. Mor, cujo corpo tremia com o esforço de conter o riso, agarrou meu joelho sob a mesa.

— Devemos começar a construir banheiros públicos para você por toda Velaris, Amren? — respondeu Rhys em tom arrastado.

— É sério, Rhysand — disparou ela. Não ousei encarar Mor. Ou Cassian. Um olhar e eu perderia a pose por completo. Amren gesticulou com a mão para o próprio corpo. — Eu deveria ter escolhido uma forma masculina. Pelo menos *vocês* podem botar para fora e fazer onde quiserem sem precisar se preocupar com espirrar na...

Cassian perdeu a compostura. Então Mor. Então eu. E até mesmo Az, rindo de leve.

— Não sabe mesmo como fazer xixi? — rugiu Mor. — Depois de todo esse tempo?

Amren irritou-se.

— Já vi animais...

— Diga que sabe como um banheiro funciona — disparou Cassian, batendo com a mão larga na mesa. — Diga que sabe pelo menos isso.

Tapei a boca com a mão, como se fosse empurrar a risada de volta para dentro. Do outro lado da mesa, os olhos de Rhys estavam mais brilhantes do que estrelas, e sua boca era uma linha trêmula enquanto tentava, sem sucesso, permanecer sério.

— Sei me sentar em uma privada — grunhiu Amren.

Mor abriu a boca, a risada estampada em sua expressão, mas Elain perguntou:

— Poderia ter feito isso? Decidido assumir uma forma masculina?

A questão interrompeu as risadas, uma flecha disparada entre nós.

Amren estudou minha irmã, cujas bochechas estavam vermelhas devido a nossa conversa sem censuras à mesa.

— Sim — respondeu ela, objetivamente. — Antes, em minha outra forma, eu não era nem um nem outro. Apenas *era*.

— Então por que escolheu esse corpo? — perguntou Elain, a luz feérica do lustre refletindo-se nas ondulações da trança castanho-dourada dela.

— A forma feminina me atraía mais — afirmou Amren, simplesmente. — Parecia mais simétrica. Ela me agradava.

Mor franziu a testa para a própria forma, cobiçando seus dons consideráveis.

— Verdade.

Cassian deu um risinho.

— E depois que estava nesse corpo, não podia mudar? — perguntou Elain.

Os olhos de Amren se semicerraram levemente. Eu me endireitei, olhando entre as duas. Incomum, sim, que Elain falasse tanto, mas ela estava melhorando. Na maior parte dos dias, estava lúcida — talvez silenciosa e afeita à melancolia, mas consciente.

Para minha surpresa, ela encarou Amren de volta.

Depois de um momento, Amren falou:

— Está perguntando por curiosidade por meu passado, ou por seu próprio futuro?

A pergunta me deixou chocada demais para sequer a repreender. Os outros também.

A testa de minha irmã se franziu antes que eu pudesse me intrometer.

— O que quer dizer?

— Não tem como voltar a ser humana, menina — disse Amren, talvez um pouco gentil demais.

— Amren — falei, em tom de aviso.

O rosto de Elain ficou mais vermelho, as costas se aprumaram. Mas ela não cedeu.

— Não sei do que está falando. — Eu jamais ouvira a voz dela tão fria.

Olhei para os outros. Rhys estava franzindo a testa, Cassian e Mor faziam careta, e Azriel... Havia piedade em seu lindo rosto. Pena e tristeza enquanto observava minha irmã.

Elain não mencionara ter sido Feita, ou o Caldeirão, ou Graysen em meses. Presumi que talvez estivesse se acostumando a ser Grã-Feérica, que talvez tivesse começado a abrir mão daquela vida mortal.

— Amren, você tem um dom espetacular para arruinar a conversa do jantar — comentou Rhys, girando o vinho. — Eu me pergunto se poderia transformar isso em uma carreira.

A imediata de meu parceiro o encarou com raiva. Mas Rhys a fitou de volta, com um aviso silencioso no rosto.

*Obrigada*, falei pelo laço. Uma carícia quente ecoou em resposta.

— Escolha alguém do seu tamanho — disse Cassian a Amren, enfiando frango assado na boca.

— Tenho pena dos ratos — murmurou Azriel.

Mor e Cassian urraram de rir, o que garantiu um rubor de Azriel e um sorriso de gratidão de Elain — e muita cara feia de Amren.

Mas algo dentro de mim relaxou diante daquelas risadas, da luz que voltou aos olhos de minha irmã.

Uma luz que eu não queria ver se extinguir outra vez.

*Preciso sair depois do jantar*, eu disse a Rhys ao mergulhar na refeição de novo. *Gostaria de voar para o outro lado da cidade?*

✥

Nestha não abriu a porta.

Devo ter batido por pelo menos uns dois minutos, fazendo cara feia para o corredor de madeira escuro do prédio em ruínas em que ela escolhera morar. Então lancei um fio de magia para o interior do apartamento.

Rhys tinha erguido proteções pela coisa toda, e com nossa magia, com o laço de nossas almas, não houve resistência ao fio de poder que estiquei pela porta e para dentro do apartamento.

Nada. Nenhum sinal de vida ou... ou coisa pior.

Ela não estava em casa.

Mas eu tinha uma boa ideia de onde estaria.

Depois de atravessar para a rua congelante, girei os braços para me manter de pé conforme as botas escorregaram no gelo que cobria as pedras.

Reclinando contra um poste, com luz feérica emoldurando as garras no topo das asas, Rhys riu. E não se moveu um centímetro.

— Canalha — murmurei. — A maioria dos machos *ajudaria* a parceira se ela estivesse prestes a quebrar a cabeça no gelo.

Ele se afastou do poste e caminhou predatoriamente até mim, cada movimento era suave e lento. Mesmo agora, eu alegremente passaria horas observando-o.

— Tenho a sensação de que se *tivesse* me intrometido, você me passaria um sermão por ser uma galinha superprotetora, como me chamou.

Grunhi uma resposta que ele preferiu não ouvir.

— Não está em casa, então?

Grunhi de novo.

— Bem, com isso restam exatamente dez outros lugares onde ela poderia estar.

Fiz uma careta.

— Quer que eu procure? — perguntou Rhys.

Não fisicamente, mas usando seu poder para encontrar Nestha. Eu não quis que ele fizesse isso mais cedo, pois parecia algum tipo de violação de privacidade, mas considerando o *frio* maldito que fazia...

— Tudo bem.

Rhys envolveu os braços, então as asas, em torno de mim, me aconchegando em seu calor, e murmurou contra meus cabelos:

— Segure firme.

Escuridão e vento giraram ao redor, e enterrei o rosto no peito de meu parceiro, inspirando seu cheiro.

Então, surgiram risadas e cantoria, música aos berros, o cheiro pungente de cerveja velha, o incômodo do frio...

Resmunguei quando olhei para onde ele nos atravessara, onde detectara minha irmã.

— Há adegas nesta cidade — observou Rhys, se encolhendo. — Há salas de espetáculos. Restaurantes chiques. Clubes de prazer. E, ainda assim, sua irmã...

E, ainda assim, minha irmã conseguia encontrar as tavernas mais sórdidas e baixas de Velaris. Não havia muitas. Mas ela frequentava todas elas. E essa, o Covil do Lobo, era de longe a pior.

— Espere aqui — falei por cima dos violinos e tambores que vinham da taverna ao me afastar do abraço de meu parceiro. No fim da rua, alguns bêbados nos viram e se calaram. Sentiram o poder de Rhys, talvez o meu também, e encontraram outro lugar para ficar por um tempo.

Eu não tinha dúvidas de que o mesmo aconteceria na taverna, e não tinha dúvidas de que Nestha se ressentiria por termos estragado sua noite. Pelo menos eu podia entrar quase sem ser notada. Se nós dois entrássemos, sabia que minha irmã veria como um ataque.

Então seria eu. Sozinha.

Rhys beijou minha testa.

— Se alguém fizer um convite indecente, diga que estaremos livres em uma hora.

— Ridículo. — Gesticulei para que ele se fosse e contive meus poderes até virarem um sussurro dentro de mim.

Rhys me soprou um beijo.

Também gesticulei para dispensar isso, então passei pela porta da taverna.

# Capítulo 13

*Feyre*

Minha irmã não tinha companheiros de copo. Até onde eu sabia, ela saía sozinha e os conhecia conforme a noite avançava. E de vez em quando, um deles voltava para casa com ela.

Eu não tinha perguntado. Nem mesmo tinha certeza de quando fora a primeira vez.

Também não ousei perguntar a Cassian se ele sabia. Os dois mal tinham trocado mais do que algumas palavras desde a guerra.

E conforme entrei na luz e na música alta do Covil do Lobo e imediatamente avistei minha irmã sentada com três machos em uma mesa redonda nos fundos, na escuridão, quase pude ver o fantasma daquele dia contra Hybern pairando atrás dela.

Cada grama de peso que Elain ganhara parecia que Nestha tinha perdido. A face tinha se tornado ainda mais orgulhosa e angulosa, com as maçãs do rosto mais pronunciadas. Os cabelos permaneciam no alto da cabeça, no coque trançado habitual, e ela usava o vestido cinza preferido. Estava, como sempre, impecavelmente limpa apesar da pocilga que escolhera frequentar. Apesar da taverna fétida e quente que vira anos melhores. Séculos melhores.

*Uma rainha sem trono.* Era como eu chamaria a pintura que invadiu minha mente.

Os olhos de Nestha, os mesmos olhos azul-acinzentados que os meus, se ergueram assim que fechei a porta de madeira atrás de mim. Nada lampejou por sua expressão além de um vago desdém. Os três machos Grão-Feéricos em sua mesa estavam relativamente bem-vestidos, considerando o local que frequentavam.

*Provavelmente jovens fanfarrões ricos em uma noitada.*

Contive uma careta quando a voz de Rhys encheu minha cabeça. *Cuide da própria vida.*

*Sua irmã está habilidosamente vencendo no carteado, aliás.*

*Enxerido.*

*Você adora isso.*

Apertei os lábios e lancei um gesto vulgar pelo laço conforme me aproximei da mesa de minha irmã. A risada de Rhys ecoou contra meus escudos em resposta, como um trovão salpicado de estrelas.

Nestha apenas voltou a encarar o leque de cartas que segurava; sua postura era a epítome do tédio glorioso. Mas seus companheiros ergueram os olhos para mim ao me verem parar na beira da mesa de madeira manchada e arranhada. Copos de líquido âmbar pela metade suavam com umidade, mantidos frios por alguma magia da taverna.

O macho do outro lado da mesa — um belo Grão-Feérico que parecia um libertino, com cabelos como ouro tecido — me encarou. A mão de cartas que segurava caiu na mesa no momento em que ele se curvou. Os demais acompanharam a seguir.

Apenas Nestha, ainda estudando as cartas, permaneceu desinteressada.

— Minha senhora — disse um macho magro e de cabelos escuros, lançando um olhar cauteloso para minha irmã. — Como posso ajudar?

Nestha nem mesmo ergueu o rosto ao arrumar uma das cartas.

Tudo bem.

Dei um doce sorriso para os companheiros dela.

— Detesto interromper sua noitada de homens, cavalheiros. — *Noitada de machos*, melhor dizendo. Um resquício de minha vida humana, algo que o terceiro macho notou com um leve erguer da sobrancelha espessa. — Mas gostaria de uma palavra com minha irmã.

A dispensa foi bastante evidente.

Como um, eles se levantaram, abandonando as cartas e pegando as bebidas.

— Vamos buscar um refil — disse o de cabelos dourados.

Esperei até que estivessem no bar, fazendo questão de não olhar por cima dos ombros, antes de deslizar para o assento bambo que o de cabelos escuros tinha desocupado.

Devagar, os olhos de Nestha se ergueram para os meus.

Eu me recostei na cadeira, a madeira rangeu.

— Então, qual vai para casa com você esta noite?

Nestha juntou as cartas, apoiando o baralho com a face para baixo na mesa.

— Não tinha decidido.

Palavras gélidas, inexpressivas. O acompanhamento perfeito para a expressão em seu rosto.

Apenas esperei.

Nestha também esperou.

Imóvel como um animal. Imóvel como a morte.

Certa vez eu tinha me perguntado se esse seria o poder dela. A maldição concedida pelo Caldeirão.

Nada do que eu tinha visto do poder, de relance naqueles momentos contra Hybern, *parecera* a morte. Era apenas poder bruto. Mas o Entalhador de Ossos sussurrara a respeito disso. E eu a vira, brilhando fria e forte nos olhos de Nestha.

Mas já não via fazia meses.

Não que eu tivesse encontrado minha irmã muitas vezes.

Um minuto se passou. Então outro.

Silêncio absoluto, exceto pela música alegre da banda de quatro instrumentos do outro lado do salão.

Eu podia esperar. Esperaria aqui durante a maldita noite inteira.

Nestha recostou de volta na cadeira, disposta a fazer o mesmo.

*Aposto em sua irmã.*

*Calado.*

*Estou ficando com frio aqui fora.*
*Seu bebê illyriano.*
Uma risada sombria, então o laço ficou em silêncio de novo.
— Por acaso aquele seu parceiro vai ficar no frio a noite toda?
Pisquei, me perguntando se ela de alguma forma sentira os pensamentos entre nós.
— Quem disse que ele está aqui?
Nestha deu um riso debochado.
— Aonde um vai, o outro segue.
Evitei proferir qualquer uma das potenciais réplicas que saltaram para minha língua.
Em vez disso, perguntei:
— Elain convidou você para o jantar esta noite. Por que não veio?
O sorriso de Nestha foi lento, afiado como uma lâmina.
— Eu queria ouvir os músicos.
Lancei um olhar descarado para a banda. Mais habilidosos do que o habitual conjunto de taverna, mas não uma desculpa de fato.
— Ela queria você lá. — *Eu queria você lá.*
Nestha deu de ombros.
— Ela poderia ter comido comigo aqui.
— Sabe que Elain não se sentiria confortável em um lugar como este.
Nestha arqueou uma sobrancelha bem-feita.
— Um lugar como este? Que tipo de lugar é este?
De fato, algumas pessoas se viravam para nós. Grã-Senhora — eu era Grã-Senhora. Insultar o lugar e as pessoas nele não me garantiria nenhum apoio.
— Elain se sente aflita em multidões.
— Ela não era assim. — Nestha girou o copo de líquido cor de âmbar. — Amava bailes e festas.
As palavras pairaram, não ditas. *Mas você e sua corte nos arrastaram para este mundo. Tiraram aquela alegria dela.*
— Se você se incomodasse em vir até a casa, veria que ela está se reajustando. Mas bailes e festas são uma coisa. Elain jamais frequentou tavernas antes.

Nestha abriu a boca, sem dúvida para me levar por um caminho que me afastaria do motivo pelo qual eu viera. Então interrompi antes que ela pudesse falar.

— Não é essa a questão.

Olhos frios como aço encararam os meus.

— Pode ir direito ao ponto, então? Gostaria de voltar para meu jogo.

Pensei em jogar as cartas no chão pegajoso de cerveja.

— O Solstício é depois de amanhã.

Nada. Nem um piscar de olhos.

Entrelacei os dedos e os apoiei na mesa entre nós.

— O que será preciso para que você venha?

— Pelo bem de Elain ou pelo seu?

— Ambos.

Outro riso de escárnio. Nestha avaliou o ambiente, todos cuidadosamente *não* nos observando. Eu sabia, sem precisar perguntar, que Rhys tinha criado uma barreira de som ao nosso redor.

Por fim, minha irmã me olhou de volta.

— Então está me subornando?

Não me movi.

— Estou vendo se está disposta a conversar racionalmente. Se há uma forma de fazer com que valha a pena para você.

Nestha passou a ponta do indicador sobre a pilha de cartas e as abriu como um leque sobre a mesa.

— Não é nem mesmo nosso feriado. Não *temos* feriados.

— Talvez devesse tentar. Pode se divertir.

— Como eu disse a Elain: vocês têm suas vidas, e eu tenho a minha.

De novo, lancei um olhar escancarado para a taverna.

— Por quê? Por que essa insistência em se distanciar?

Ela se recostou na cadeira, cruzando os braços.

— Por que preciso ser parte de seu bando alegrinho?

— Você é minha irmã.

De novo, aquele olhar vazio, frio.

Esperei.

— Não vou para sua festa — informou ela.

Se Elain não conseguira convencê-la, eu certamente não teria sucesso. Não sabia por que não tinha percebido isso antes. Antes de desperdiçar meu tempo. Mas tentei uma última vez. Pelo bem de Elain.

— Papai iria querer que você...

— *Não termine essa frase.*

Apesar do escudo de som ao redor, não havia nada para bloquear a visão de minha irmã exibindo os dentes. A visão dos dedos dela se fechando como garras invisíveis.

O nariz de Nestha se franziu com puro ódio quando ela grunhiu.

— *Saia.*

Um espetáculo. Aquilo estava prestes a se tornar um espetáculo do pior tipo.

Então fiquei de pé, escondendo minhas mãos trêmulas ao fechá-las em punhos firmes ao lado do corpo.

— Por favor, venha — foi tudo o que falei antes de me voltar para a porta, a caminhada entre a mesa e a saída parecendo tão mais longa. Todos os rostos atentos pelos quais eu teria que passar pairavam.

— Meu aluguel — disse Nestha, quando comecei a andar.

Parei.

— O que tem seu aluguel?

Ela virou o copo.

— Vence semana que vem. Caso tenha se esquecido.

Nestha estava falando sério.

Respondi, simplesmente:

— Venha para o Solstício e me certificarei de que seja entregue.

Ela abriu a boca, mas me virei de novo, encarando cada rosto boquiaberto que me olhou quando passei.

Senti o olhar de minha irmã perfurando minha nuca durante toda a caminhada até aquela porta. E durante todo o voo para casa.

# Capítulo
# 14

*Rhysand*

Mesmo com os trabalhadores raramente interrompendo os reparos, a reconstrução ainda estava a anos de terminar. Principalmente ao longo do Sidra, onde Hybern atacara com mais intensidade.

Restava pouco mais do que escombros das propriedades e dos lares um dia grandiosos ao longo da área sudeste do rio; os jardins estavam maltratados e as casas particulares para os barcos, semissubmersas à corrente tranquila das águas turquesa.

Eu tinha crescido naquelas casas, frequentado as festas e os banquetes que seguiam noite adentro, passado dias claros de verão relaxando nos gramados íngremes, torcendo nas corridas de barco de verão no Sidra. As fachadas dos imóveis tinham sido tão familiares quanto o rosto de qualquer amigo. Tinham sido construídas muito antes de meu nascimento, e eu tinha imaginado que durariam muito além de meu fim.

— Não ouviu das famílias a respeito de quando voltarão, ouviu?

A pergunta de Mor flutuou até mim por cima do estalo das pedras pálidas sob nossos pés conforme passeávamos pelo território coberto de neve de uma dessas propriedades.

Ela me encontrara depois do almoço, uma rara e solitária refeição ultimamente. Feyre e Elain tinham saído para fazer compras pela cidade, então quando minha prima apareceu no saguão da casa da cidade, não hesitei em convidá-la para uma caminhada.

Fazia muito tempo desde que Mor e eu tínhamos caminhado juntos.

Embora a guerra tivesse acabado, eu não era burro o suficiente para acreditar que todas as feridas estariam curadas. Principalmente entre mim e Mor.

E não era burro o bastante para me iludir e pensar que não vinha adiando essa caminhada fazia um tempo — assim como ela.

Eu vira os olhos de Mor ficarem distantes naquela noite na Cidade Escavada. Seu silêncio depois do primeiro aviso grunhido para o pai me dissera o bastante sobre para onde sua mente fora.

Outra fatalidade daquela guerra: trabalhar com Keir e Eris tinha destruído algo em minha prima.

Ah, ela escondia bem. Exceto quando estava frente a frente com os dois machos que tinham...

Não me permiti terminar o pensamento, chamar a lembrança. Mesmo cinco séculos depois, o ódio ameaçava me engolir até eu deixar a Cidade Escavada e a Corte Outonal em ruínas.

Mas aquelas mortes eram dela para que reivindicasse. Sempre tinham sido. Eu jamais perguntei por que Mor esperara tanto.

Tínhamos perambulado silenciosamente pela cidade por meia hora, seguindo em grande parte despercebidos. Uma pequena bênção do Solstício: todos estavam ocupados demais com os próprios preparativos para notar quem passava pelas ruas cheias.

Como tínhamos acabado ali, eu não fazia ideia. Mas ali estávamos, nada além dos blocos de pedra caídos e rachados, das ervas daninhas secas pelo inverno e do céu cinza como companhia.

— As famílias — falei, por fim — estão em suas outras propriedades. — Eu conhecia todas, mercadores abastados e nobres que tinham desertado a Cidade Escavada muito antes de as duas metades de meu reino terem sido oficialmente partidas. — Sem planos para retornar tão cedo. — Talvez para sempre. Eu tinha tido notícias de um deles, de uma matriarca de um império mercador, dizendo que provavelmente venderiam em vez de enfrentar o transtorno de reconstruir do zero.

Com o vento frio açoitando mechas de cabelo sobre seu rosto, Mor assentiu distraidamente conforme parou no meio do que um dia fora um jardim que descia da casa para o rio gélido.

— Keir virá para cá em breve, não é?

Tão raramente ela se referia a ele como seu pai. Eu não a culpava. Aquele macho não era pai dela havia séculos. Muito antes daquele dia imperdoável.

— Sim.

Eu tinha conseguido manter Keir afastado desde que a guerra havia terminado — tinha me preparado para que ele inevitavelmente decidisse que não importava o trabalho que eu soltasse em cima dele, não importava como eu poderia interromper seus encontros com Eris, ele visitaria essa cidade.

Talvez eu mesmo tivesse me colocado naquela situação ao impor as fronteiras da Cidade Escavada por tanto tempo. Talvez suas terríveis tradições e mentes fechadas tivessem apenas piorado ao serem contidas. Era o território deles, sim, mas eu não lhes dera nada mais. Não era à toa que estavam tão curiosos a respeito de Velaris. Embora o desejo de Keir de visitar viesse apenas de uma necessidade: atormentar a própria filha.

— Quando?

— Provavelmente na primavera, se meu palpite estiver certo.

Mor engoliu em seco, e o rosto ficou frio de uma forma que eu testemunhava muito raramente. De uma forma que eu odiava, se não por outro motivo, ao menos porque era culpa minha.

Dissera a mim mesmo que valera a pena. Os Precursores da Escuridão de Keir tinham sido cruciais para nossa vitória. E ele sofrera perdas por causa disso. O macho era um canalha em todos os sentidos da palavra, mas tinha cumprido com sua parte.

Eu não tinha muita escolha a não ser cumprir com a minha.

Mor me observou da cabeça aos pés. Eu tinha escolhido uma jaqueta preta feita de lã pesada e abrira mão das asas por completo. Só porque Cassian e Azriel precisavam sofrer enquanto as asas expostas congelavam o tempo todo, isso não significava que eu precisava passar pelo mesmo. Permaneci parado, deixando que Mor chegasse às próprias conclusões.

— Confio em você — disse ela, por fim.

Curvei a cabeça.

— Obrigado.

Mor gesticulou com a mão, lançando-se novamente em uma caminhada pelas trilhas de cascalho pálido do jardim.

— Mas ainda queria que tivesse havido outra forma.

— Eu também.

Ela girou as pontas da espessa echarpe vermelha antes de enfiá-las no sobretudo marrom.

— Se seu pai vier até aqui — sugeri —, posso me certificar de que você esteja fora. — Não importava que tivesse sido ela quem insistira no pequeno confronto com o administrador e Eris na outra noite.

Mor fez uma careta.

— Ele vai enxergar isso como o que é: uma fuga. Não darei essa satisfação a ele.

Eu sabia que não deveria perguntar se ela achava que a mãe viria junto. Não discutíamos a mãe de Mor. Nunca.

— O que quer que você decida, terá meu apoio.

— Sei disso. — Ela parou entre dois arbustos baixos e observou o rio adiante.

— E sabe que Az e Cassian os monitorarão como gaviões durante toda a visita. Eles andam planejando os protocolos de segurança há meses.

— Mesmo?

Assenti com seriedade.

Mor exalou.

— Queria que ainda pudéssemos ameaçar libertar Amren na Cidade Escavada.

Soltei um riso debochado, olhando para o outro lado do rio, em direção ao pedaço da cidade mal visível sobre a elevação de uma colina.

— Uma parte de mim se pergunta se Amren não deseja o mesmo.

— Presumo que vá comprar um presente *muito* bom para ela.

— Neve estava praticamente saltitando de alegria quando deixei a loja.

Uma risada baixa.

— O que comprou para Feyre?

Coloquei as mãos nos bolsos.

— Uma coisinha ou outra.

— Nada, então.

Passei a mão pelos cabelos.

— Nada. Alguma ideia?

— Ela é sua parceira. Esse tipo de coisa não deveria ser instintiva?

— É impossível comprar coisas para ela.

Mor me lançou um olhar sarcástico.

— Patético.

Eu a cutuquei com um cotovelo.

— O que *você* comprou para ela?

— Vai precisar esperar até a noite de Solstício para ver.

Revirei os olhos. Durante os séculos em que nos conhecíamos, as habilidades de Mor para comprar presentes jamais tinham melhorado. Eu tinha uma gaveta cheia de abotoaduras horrorosas que nunca usava, cada uma mais espalhafatosa do que a outra. Mas eu tinha sorte: Cassian tinha um baú cheio de camisas de seda de diversas cores do arco-íris. Algumas tinham até mesmo babados.

Eu só conseguia imaginar os horrores reservados para minha parceira.

Camadas finas de gelo fluíam preguiçosamente pelo Sidra. Não ousei perguntar a Mor sobre Azriel — o que ela comprara para ele, o que planejava *fazer* com ele. Eu tinha pouco interesse em ser atirado naquele rio gelado.

— Vou precisar de você, Mor — falei, baixinho.

A diversão nos olhos dela se aguçou em alerta. Uma predadora. Havia um motivo pelo qual Mor tinha se defendido em batalha e podia se defender contra qualquer illyriano. Meus irmãos e eu tínhamos supervisionado muito de seu treinamento nós mesmos, mas ela passara anos viajando para outras terras, outros territórios, para aprender o que sabiam.

E, precisamente por isso, falei:

— Não com Keir e a Cidade Escavada, não para manter a paz por tempo o bastante para que as coisas se estabilizem.

Ela cruzou os braços, esperando.

— Az consegue se infiltrar na maioria das cortes, na maioria das terras. Mas posso precisar de você para ganhar essas terras. — Porque as peças que estavam espalhadas pela mesa... — Negociações de tratados estão se arrastando por tempo demais.

— Não estão sequer acontecendo.

A verdade. Com a reconstrução, muitos potenciais aliados tinham alegado que estavam ocupados e que se reuniriam na primavera para discutir os novos termos.

— Não precisaria ficar fora por meses. Apenas visitas aqui e ali. Casuais.

— Casuais, mas para fazer os reinos e os territórios perceberem que, se insistirem demais ou entrarem em terras humanas, nós os destruiremos?

Dei uma risada contida.

— Algo assim. Az tem listas de reinos com mais probabilidade de ultrapassarem o limite.

— Se eu estiver perambulando pelo continente, quem vai lidar com a Corte dos Pesadelos?

— Eu vou.

Os olhos castanhos de Mor se semicerraram.

— Não está fazendo isso porque acha que não consigo dar conta de Keir, está?

Território muito, muito cauteloso.

— Não — respondi, e não estava mentindo. — Acho que consegue. Sei que consegue. Mas seus talentos serão mais necessários em outro lugar por enquanto. Se Keir quer formar laços com a Corte Outonal, deixe que forme. Não importa o que ele e Eris estejam tramando, sabem que estamos observando e sabem o quanto seria idiota se qualquer um deles forçasse alguma coisa. Uma palavra a Beron e a cabeça de Eris vai rolar.

Tentador. Como era tentador contar ao Grão-Senhor da Outonal que o filho mais velho dele cobiçava seu trono — e estava disposto a tomá-lo à força. Mas eu tinha feito um acordo com Eris também. Talvez um acordo de tolo, mas apenas o tempo diria.

Mor mexeu na echarpe.

— Não tenho medo deles.

— Sei que não.

— Eu só... estar perto deles, *juntos*... — Ela enfiou as mãos nos bolsos. — É provavelmente como você se sente na presença de Tamlin.

— Se serve de consolo, prima, me comportei muito mal no outro dia.

— Ele está morto?

— Não.

— Então eu diria que você se controlou admiravelmente.

Gargalhei.

— Que sede de sangue, Mor.

Ela deu de ombros, voltando a observar o rio.

— Ele merece.

E merecia mesmo.

Ela olhou de esguelha para mim.

— Quando eu precisaria partir?

— Só daqui a algumas semanas, talvez um mês.

Mor assentiu e se calou. Pensei em perguntar a ela se desejava saber para *onde* Azriel e eu achávamos que ela poderia ir primeiro, mas seu silêncio disse o suficiente. Iria para qualquer lugar.

Tempo demais. Estivera entocada dentro das fronteiras dessa corte por tempo demais. A guerra mal contava. E não aconteceria em um mês, nem talvez em alguns anos, mas eu conseguia ver: o nó invisível se apertando em volta do pescoço de Mor a cada dia que ela passava ali.

— Tire alguns dias para pensar a respeito — sugeri.

Mor virou a cabeça para mim, e os cabelos dourados refletiram a luz.

— Você disse que precisa de mim. Não parecia que havia muita escolha.

— Você sempre tem uma escolha. Se não quiser ir, tudo bem.

— E quem iria em meu lugar? Amren? — Um olhar de compreensão.

Gargalhei de novo.

— Certamente não Amren. Não se quisermos paz. — Então acrescentei: — Apenas... me faça um favor e tire um tempo para pensar nisso antes de concordar. Considere isso uma oferta, não uma ordem.

Ela se calou de novo. Juntos, observamos as placas de gelo oscilarem pelo Sidra, na direção do mar distante e selvagem.

— Ele ganha se eu for? — Uma pergunta em voz baixa, hesitante.

— Precisa decidir isso por conta própria.

Mor se virou para a casa e para o terreno destruídos atrás de nós. Mas não olhava para eles, percebi, e sim para o leste.

Na direção do continente e de suas terras. Como se imaginasse o que poderia estar à espera por lá.

# CAPÍTULO
## 15

*Feyre*

Eu ainda precisava encontrar — ou mesmo pensar — em algo para dar a Rhysand pelo Solstício.

Ainda bem que Elain tinha me abordado silenciosamente no café da manhã, enquanto Cassian continuava desmaiado no sofá da sala de estar do outro lado do saguão. Já não havia qualquer sinal de Azriel na poltrona a sua frente, onde ele também caíra no sono, ambos preguiçosos demais — e talvez um pouco bêbados depois de todo o vinho que tínhamos tomado na noite anterior — para fazer a caminhada até o minúsculo quarto sobressalente que compartilhariam durante o Solstício. Mor ocupara meu antigo quarto, sem se importar com os entulhos que eu havia acrescentado, e Amren voltara para seu apartamento quando finalmente caímos no sono, nas primeiras horas da manhã. Tanto meu parceiro quanto Mor ainda estavam dormindo, e eu tinha ficado feliz em deixá-los assim. Os dois mereciam aquele descanso. Todos merecíamos.

Mas Elain, ao que parecia, estava tão insone quanto eu, principalmente depois de minha conversa tensa com Nestha, que nem mesmo o vinho que eu tinha tomado ao voltar para casa conseguira amortecer. Minha irmã queria saber se eu estava disposta a uma caminhada pela cidade, me dando a desculpa perfeita para sair e fazer mais compras.

Imoral. Parecia imoral e egoísta sair para fazer compras, mesmo que fosse para pessoas que eu amava. Havia tantos na cidade e além dela que não tinham quase nada, e cada momento adicional e desnecessário que eu passava olhando para vitrines e pondo os dedos sobre várias mercadorias arranhava meus nervos.

— Sei que não é fácil para você — observou Elain conforme passávamos pela loja de uma tecelã, admirando as finas tapeçarias, os tapetes e os cobertores que ela tecera com diversas imagens da Corte Noturna: Velaris sob o brilho da Queda das Estrelas; o litoral rochoso e indomado das ilhas setentrionais; as estelas dos templos de Cesere; a insígnia da corte, as três estrelas coroando um pico montanhoso.

Desviei o olhar de uma tapeçaria de parede que retratava esta última.

— O que não é fácil?

Mantínhamos a voz a quase um murmúrio no espaço quieto e quente, mais por respeito aos outros compradores que admiravam o trabalho.

Os olhos castanhos de Elain pairaram sobre a insígnia da Corte Noturna.

— Comprar coisas sem uma necessidade enorme de fazer isso.

Nos fundos arredondados e cobertos por painéis de madeira da loja, um tear rangia e estalava conforme a artista de cabelos pretos que fazia as peças continuava o trabalho, parando apenas para responder perguntas de clientes.

Tão diferente. Aquele espaço era tão diferente do chalé de horrores que pertencera à Tecelã do Bosque. A Stryga.

— Temos tudo de que precisamos — admiti para Elain. — Comprar presentes parece excessivo.

— Mas é a tradição deles — replicou ela, com o rosto ainda vermelho do frio. — Uma pela qual lutaram e morreram para proteger na guerra. Talvez essa seja a melhor forma de pensar sobre o assunto, em vez de se sentir culpada. Lembrar que esse dia significa algo para eles. Todos eles, independentemente de quem tem mais, quem tem menos. Ao celebrar as tradições, mesmo com os presentes, honramos aqueles que lutaram justamente pela existência disso, pela paz que esta cidade tem agora.

Por um momento, apenas encarei minha irmã, a sabedoria que ela expressara. Não havia um sussurro daquelas habilidades de oráculo. Apenas olhos nítidos e uma expressão franca.

— Está certa — falei, observando a insígnia que se elevava diante de mim.

A tapeçaria tinha sido feita de um tecido tão preto que parecia devorar a luz, tão preto que quase feria os olhos. A insígnia, no entanto, tinha sido costurada em fio de prata — não, não era prata. Um tipo de fio iridescente que se movia com faíscas de cor. Como luz estelar tecida.

— Está pensando em comprar essa? — perguntou Elain. Ela ainda não comprara nada, mas parara frequentemente para contemplar. Um presente para Nestha, dissera ela. Estava procurando um presente para nossa irmã, não importava se Nestha ousaria se juntar a nós no dia seguinte ou não.

Mas Elain parecia mais do que contente em simplesmente assistir à cidade murmurante, em observar os fios brilhantes de luz feérica pendurados entre prédios e sobre as praças, em provar cada pedacinho de comida oferecida por vendedores ansiosos, em ouvir menestréis tocando ao lado das fontes agora silenciosas.

Como se minha irmã também estivesse apenas procurando uma desculpa para sair da casa naquela manhã.

— Não sei para *quem* eu compraria isso — admiti, estendendo um dedo para o tecido preto da tapeçaria. Assim que minha unha tocou a superfície macia como veludo, ela pareceu desaparecer. Como se o material realmente engolisse toda cor, toda luz. — Mas... — Olhei para a tecelã do outro lado do espaço; outra peça se formava no tear. Deixando meu pensamento inacabado, caminhei até ela.

A tecelã era uma Grã-Feérica de silhueta farta e pele pálida. Uma cortina de cabelos pretos tinha sido trançada para afastar os fios do rosto, e a extensão da trança caía sobre o ombro de seu suéter vermelho e grosso. Calça marrom e botas com forro de lã completavam o modelo. Roupas simples, confortáveis. Algo que eu poderia usar enquanto pintava. Ou fazia qualquer coisa.

O que eu estava usando por baixo do pesado sobretudo azul, para ser sincera.

A tecelã interrompeu o trabalho, os dedos ágeis pararam, e ela ergueu o rosto.

— Como posso ajudá-la?

Apesar do belo sorriso, os olhos cinza eram... silenciosos. Não havia outra forma de explicar. Silenciosos e um pouco distantes. O sorriso tentava disfarçar aquilo, mas fracassava na tentativa de mascarar o peso que pairava ali dentro.

— Eu queria saber sobre a tapeçaria com a insígnia — falei. — O tecido preto... o que é?

— Me fazem essa pergunta pelo menos uma vez por hora — comentou a tecelã, ainda sorrindo, mas sem humor iluminando seus olhos.

Eu me encolhi um pouco.

— Desculpe por somar a isso. — Elain passou para meu lado, com um cobertor rosa felpudo em uma das mãos e um cobertor roxo na outra.

A tecelã dispensou minhas desculpas.

— É um tecido incomum. Perguntas são esperadas. — Ela alisou a estrutura de madeira do tear. — Eu o chamo de Vazio. Absorve a luz. Cria uma completa falta de cor.

— Você que fez? — perguntou Elain, olhando por cima de um ombro na direção da tapeçaria.

Um aceno sério.

— Um novo experimento meu. Ver como a escuridão pode ser feita, tecida. Ver se eu poderia ir mais longe, mais profundamente do que qualquer tecelão fez antes.

Eu mesma já estivera em um vazio, e o tecido chegava espantosamente perto do que eu havia sentindo então.

— Por quê?

Os olhos cinza se voltaram para mim de novo.

— Meu marido não voltou da guerra.

As palavras francas e abertas ressoaram em mim.

Foi difícil manter os olhos fixos nela conforme a tecelã prosseguiu:

— Comecei a criar o Vazio no dia seguinte após ter descoberto que ele tinha morrido.

Rhys não pedira a ninguém naquela cidade que se juntasse aos exércitos dele, no entanto. Deliberadamente transformara aquilo em uma escolha. Diante da confusão em meu rosto, a tecelã acrescentou, baixinho:

— Ele achou que era certo. Ajudar a lutar. Partiu com vários outros que achavam o mesmo e se uniu a uma legião da Corte Estival que encontraram a caminho do sul. Ele morreu na batalha por Adriata.

— Sinto muito — falei, em um tom baixo. Elain ecoou as palavras, com uma voz suave.

A tecelã apenas encarou a tapeçaria.

— Achei que teríamos mais mil anos juntos. — Ela começou a guiar o tear de volta ao movimento. — Durante os trezentos anos em que estivemos juntos, jamais tivemos a chance de ter filhos. — Os dedos dela se moviam lindamente, sem hesitar, apesar das palavras. — Não tenho nem mesmo um pedaço dele. Ele se foi, e eu não. O Vazio nasceu dessa sensação.

Eu não sabia o que dizer conforme as palavras assentavam. Conforme a tecelã continuava trabalhando.

Poderia ter sido eu.

Poderia ter sido Rhys.

O trabalho extraordinário, criado e tecido a partir de um luto que eu tinha tocado brevemente e jamais desejava conhecer de novo, continha uma perda da qual eu não conseguia me imaginar me recuperando.

— Sempre espero que fique mais fácil a cada vez que explico a alguém que me pergunta sobre o Vazio — continuou a tecelã. Se as pessoas perguntavam tão frequentemente quanto ela dizia... Eu não teria aguentado.

— Por que não tirar a peça dali? — perguntou Elain, com empatia estampada no rosto.

— Porque não quero ficar com ela. — A lançadeira disparou pelo tear, voando com vida própria.

Apesar do comportamento e da calma dela, eu quase conseguia sentir a agonia da tecelã irradiando para o cômodo. Alguns toques de meus dons de daemati e eu poderia aliviar esse luto, diminuir a dor. Jamais tinha feito aquilo por ninguém, mas...

Mas eu não podia. Não faria aquilo. Seria uma violação, mesmo que feito com boas intenções.

E a perda dela, a tristeza interminável — ela tinha criado algo a partir daquilo. Algo extraordinário. Eu não podia arrancar isso dela. Mesmo se ela me pedisse.

— O fio de prata — perguntou Elain. — Como se chama?

A tecelã pausou o tear de novo, os fios coloridos vibravam. Ela encarou minha irmã. Nenhuma tentativa de sorriso dessa vez.

— Eu chamo de Esperança.

Minha garganta ficou insuportavelmente apertada. Meus olhos ardiam tanto que precisei virar o rosto e caminhar de volta para aquela tapeçaria extraordinária.

— Eu fiz isso depois de ter dominado o Vazio — explicou a tecelã para minha irmã.

Encarei sem parar o tecido preto; era como olhar para um poço de inferno. E então encarei o fio de prata iridescente e vivo que o cortava, luminoso, apesar da escuridão que devorava qualquer outra luz e cor.

Poderia ter sido eu. E Rhys. Quase fora assim.

No entanto, ele tinha sobrevivido, e o marido da tecelã, não. *Nós* tínhamos sobrevivido, e a história deles acabara. Ela não tinha um pedaço dele. Pelo menos não da forma como desejava.

Eu tinha sorte — tanta *sorte* de sequer poder reclamar de fazer compras para meu parceiro. Aquele momento em que ele havia morrido fora o pior de minha vida; provavelmente permaneceria assim, mas tínhamos sobrevivido. Nesses meses, o *e se* me assombrava. Todos os *e se* dos quais tínhamos escapado por tão pouco.

E esse feriado de Solstício, essa chance de comemorar estarmos juntos, vivos...

A impossível profundeza de escuridão diante de mim, a improvável provocação da Esperança brilhando nela, sussurrou a verdade antes que eu a conhecesse. Antes que soubesse o que queria dar a Rhys.

O marido da tecelã não tinha voltado para casa. Mas o meu tinha.

— Feyre?

Elain estava de novo a meu lado. Eu não tinha ouvido seus passos. Não ouvira nenhum som durante alguns momentos.

Percebi que a galeria tinha esvaziado. Mas, sem me importar, me aproximei de novo da tecelã, que tinha parado mais uma vez. À menção de meu nome.

Ela estava com os olhos levemente arregalados ao fazer uma reverência com a cabeça.

— Minha senhora.

Ignorei as palavras.

— Como? — Indiquei o tear, a peça pela metade que ganhava forma na estrutura, a arte nas paredes. — Como continua criando, apesar do que perdeu?

Se ela reparou na falha em minha voz, não demonstrou. A tecelã apenas disse, me encarando com o olhar triste e pesaroso:

— Eu preciso.

As palavras simples me atingiram como um golpe.

A tecelã prosseguiu:

— Eu *preciso* criar, ou seria tudo por nada. Eu *preciso* criar, ou vou desabar de desespero e jamais deixarei a cama. Eu *preciso* criar porque não tenho outra forma de expressar *isto*. — A mão dela repousou sobre o coração, e meus olhos arderam. — É difícil — continuou a fêmea, sem que seus olhos deixassem os meus —, e dói, mas se eu parasse, se deixasse que este tear e a lançadeira se calassem... — Ela por fim tirou os olhos de mim para olhar para a tapeçaria. — Então não haveria Esperança brilhando no Vazio.

Minha boca estremeceu, e a tecelã estendeu o braço para apertar minha mão. Seus dedos calejados eram quentes contra os meus.

Eu não tinha palavras para oferecer a ela, nada para transmitir o que tinha surgido em meu peito. Nada além de:

— Eu gostaria de comprar aquela tapeçaria.

A tapeçaria não era um presente para ninguém além de mim, e seria entregue na casa da cidade no fim daquela tarde.

Elain e eu olhamos várias lojas durante mais uma hora antes que eu a deixasse no Palácio de Linhas e Joias, fazendo as próprias compras.

Atravessei direto para o estúdio abandonado no Arco-Íris.

Precisava pintar. Precisava colocar para fora o que vira, o que sentira na galeria da tecelã.

Acabei ficando por três horas.

Algumas pinturas foram desenhos breves, ágeis. Outras comecei a esboçar com lápis e papel, pensando em qual tela eu precisaria, que tinta gostaria de usar.

Pintei em meio ao luto que permanecera pela história da tecelã, pintei *pela* perda dela. Pintei tudo que subiu dentro de mim, deixando o passado sangrar na tela, um alívio abençoado a cada pincelada.

Não foi muito surpreendente que eu fosse pega.

Mal tive tempo de saltar do banquinho antes de a porta da frente se abrir e de Ressina entrar, com um esfregão e um balde nas mãos verdes. Certamente não tive tempo o suficiente para esconder todas as pinturas e os suprimentos.

A fêmea, para o crédito dela, apenas sorriu ao parar subitamente.

— Suspeitei que estaria aqui. Vi as luzes na outra noite e achei que pudesse ser você.

Meu coração latejava pelo corpo, meu rosto estava quente como uma forja, mas consegui oferecer um sorriso de lábios fechados.

— Desculpe.

A feérica graciosamente andou para o outro lado do cômodo, mesmo com os suprimentos de limpeza nas mãos.

— Não precisa pedir desculpas. Eu só estava entrando para fazer uma limpeza.

Ela soltou o esfregão e o balde contra uma das paredes brancas vazias com um leve estampido.

— Por quê? — Apoiei o pincel sobre a paleta que tinha colocado no banquinho a meu lado.

Ressina levou as mãos ao quadril estreito e avaliou o lugar.

Por alguma misericórdia ou falta de interesse, ela não olhou por tempo demais para minhas pinturas.

— A família de Polina não discutiu se vai vender, mas imaginei que ela, pelo menos, não iria querer que o estúdio ficasse uma imundície.

Mordi o lábio, assentindo desajeitadamente em meio à sujeira que eu havia acrescentado.

— Desculpe eu... não fui até seu estúdio na outra noite.

Ressina deu de ombros.

— De novo, não precisa pedir desculpas.

Era tão raro que alguém fora do Círculo Íntimo falasse comigo com tanta casualidade. Até mesmo a tecelã tinha ficado mais formal depois que me ofereci para comprar a tapeçaria.

— Apenas fico feliz por alguém usar este lugar. Por *você* usar este lugar — acrescentou ela. — Acho que Polina teria gostado de você.

Um silêncio se estendeu quando não respondi. Quando comecei a juntar os suprimentos.

— Não vou atrapalhar você. — Eu me movi para apoiar uma pintura que ainda secava contra a parede. Um retrato no qual estivera pensando havia um tempo. Eu o mandei para o bolsão entre mundos, junto com todos os outros em que tinha trabalhado.

E me abaixei para pegar minha bolsa de suprimentos.

— Pode deixar essas coisas.

Parei com a mão na faixa de couro.

— O espaço não é meu.

Ressina se recostou contra a parede ao lado do esfregão e do balde.

— Talvez pudesse falar com a família de Polina sobre isso. São vendedores motivados.

Endireitei o corpo, levando a bolsa de suprimentos comigo.

— Talvez — respondi, cautelosa, mandando o restante do material e das pinturas rolando para o reino-bolsão, sem me importar caso se chocassem uns contra os outros, e segui para a porta.

— Eles moram em uma fazenda em Dunmere, perto do mar. Caso esteja interessada.

Improvável.

— Obrigada.

Eu praticamente conseguia ouvir o sorriso dela quando cheguei à porta da frente.

— Feliz Solstício.

— Para você também — disparei por cima do ombro antes de desaparecer na rua.

E me choquei bem contra o peito duro e quente de meu parceiro.

Pulei para longe de Rhys, xingando e fazendo cara feia para a risada que ele deu ao agarrar meus braços para me equilibrar contra a rua gelada.

— Vai a algum lugar?

Franzi a testa para ele, mas enganchei nossos braços e me lancei em uma caminhada rápida.

— O que está fazendo aqui?

— Por que você está fugindo de uma galeria abandonada como se tivesse roubado alguma coisa?

— Eu não estou *fugindo*. — Belisquei o braço dele, o que me garantiu outra risada grave e rouca.

— Caminhando estranhamente rápido, então.

Não respondi até termos chegado à avenida que se inclinava na direção do rio. Finas placas de gelo flutuavam pelas águas turquesa. Sob elas, eu conseguia sentir a corrente ainda passando — não tão forte quanto nos meses mais quentes, no entanto. Como se o Sidra tivesse caído em um sono crepuscular para o inverno.

— É ali que tenho pintado — confessei, por fim, ao pararmos diante do calçadão gradeado na lateral do rio. Um vento úmido e frio passou, embaraçando meus cabelos. Rhys enfiou uma mecha atrás de minha orelha. — Voltei hoje, mas fui interrompida por uma artista, Ressina. O estúdio pertencia a uma feérica que não sobreviveu ao ataque na primavera. Ressina estava limpando o espaço por ela. Por Polina, caso a família dela queira vender.

— Podemos comprar um espaço de estúdio se você precisa de um lugar para pintar sozinha — ofereceu ele, com a tênue luz do sol emoldurando seus cabelos. Nenhum sinal das asas.

— Não... não, não é sobre estar sozinha é mais pelo... o espaço certo para fazer isso. Uma *sensação* certa. — Balancei a cabeça. — Não sei. A pintura ajuda. Me ajuda, quero dizer. — Exalei e o avaliei, o rosto que me era mais caro do que qualquer coisa no mundo, as palavras da tecelã ecoando por mim.

Ela perdera o marido. Eu não. No entanto, ela ainda tecia, ainda criava. Acariciei a bochecha de Rhys, e ele se inclinou contra o toque quando perguntei baixinho:

— Acha que é idiota me perguntar se pintar pode ajudar outros também? Quer dizer, não *minha* pintura. Mas ensinar outros a pintar. Deixar que pintem. Pessoas que podem ter as mesmas dificuldades que eu.

Os olhos dele ficaram mais suaves.

— Não acho isso nada idiota.

Passei o polegar sobre a maçã do rosto de Rhys, saboreando cada centímetro de contato.

— Pintar faz com que eu me sinta melhor. Talvez possa fazer o mesmo por outros.

Ele permaneceu quieto, me oferecendo aquele companheirismo que não exigia nada, não perguntava nada, enquanto continuei acariciando seu rosto. Éramos parceiros havia menos de um ano. Se as coisas não tivessem ido bem durante aquela batalha final, quantos arrependimentos teriam me consumido? Eu sabia... sabia quais teriam atingido mais forte, mais profundamente. Sabia quais eu tinha o poder de mudar.

Abaixei a mão do rosto de Rhys, por fim.

— Acha que alguém viria? Se tal espaço, algo assim, estivesse disponível?

Rhys refletiu, observando meus olhos antes de beijar minha têmpora, com a boca quente contra meu rosto frio.

— Só vendo, suponho.

Encontrei Amren em seu loft uma hora mais tarde. Rhys tinha que ir para outra reunião com Cassian e os comandantes illyrianos no acampamento de guerra de Devlon, então ele tinha caminhado comigo até a porta do prédio e depois atravessara.

Meu nariz se franziu quando entrei no apartamento quentinho de Amren.

— Está com um cheiro... interessante aqui.

Sentada na longa mesa de trabalho no centro do espaço, ela me deu um sorriso cortante antes de indicar a cama com dossel.

Lençóis amassados e travesseiros jogados diziam o suficiente sobre que cheiros eu estava detectando.

— Você poderia abrir uma janela — sugeri, indicando a parede do outro lado do apartamento.

— Está frio lá fora — foi tudo o que ela disse, voltando para...

— Um quebra-cabeça?

Amren encaixou uma peça minúscula na seção em que estava trabalhando.

— Eu deveria fazer outra coisa durante meu feriado de Solstício?

Não ousei responder àquilo conforme tirei o sobretudo e o cachecol. Amren mantinha o fogo na lareira bem intenso. Ou por ela ou para o companheiro da Corte Estival, cujos vestígios eu não conseguia detectar.

— Onde está Varian?

— Saiu para comprar mais presentes para mim.

— Mais?

Um sorriso menor dessa vez, e a boca vermelha se repuxou para o lado quando Amren encaixou outra peça no quebra-cabeça.

— Ele decidiu que aqueles que trouxe da Corte Estival não bastavam.

Eu não queria entrar nesse assunto também.

Ocupei um assento diante dela na longa e escura mesa de madeira, examinando o quebra-cabeça pela metade do que parecia ser algum tipo de pasto outonal.

— Um novo hobby seu?

— Sem aquele Livro odioso para decifrar, descobri que sinto falta de tais coisas. — Outra peça foi colocada no lugar. — É o quinto esta semana.

— Só se passaram três dias da semana.

— Não os fazem difíceis o bastante para mim.

— Quantas peças tem esse?

— Cinco mil.

— Exibida.

Amren soltou um *tsc-tsc*, então se esticou na cadeira, esfregando as costas e se encolhendo.

— Bom para a mente, mas ruim para a postura.

— Que bom que tem Varian com quem se exercitar.

Ela riu. O som era como o grasnido de um corvo.

— Que bom mesmo. — Aqueles olhos prateados, ainda misteriosos, ainda imbuídos de algum vestígio de poder, me observaram. — Você não veio até aqui para me fazer companhia, suponho.

Eu me recostei na cadeira velha e bamba. Nenhuma das cadeiras da mesa combinava. De fato, cada uma parecia de uma década diferente. De um século diferente.

— Não, não vim.

A imediata do Grão-Senhor gesticulou com a mão cujas pontas tinham longas unhas vermelhas e se curvou sobre o quebra-cabeça de novo.

— Prossiga.

Inspirei para me acalmar.

— É sobre Nestha.

— Foi o que imaginei.

— Falou com ela?

— Ela vem aqui a cada poucos dias.

— Sério?

Amren tentou, sem sucesso, encaixar uma peça no quebra-cabeça, desviando os olhos entre as peças de cores sortidas ao redor.

— É tão difícil acreditar?

— Ela não vai até a casa da cidade. Ou a Casa do Vento.

— Ninguém gosta de ir à Casa do Vento.

Estendi a mão para uma peça e Amren estalou a língua em aviso. Coloquei a mão de volta no colo.

— Estava esperando que você talvez tivesse alguma ideia a respeito do que ela está passando.

Amren não respondeu por um tempo, avaliando as peças dispostas em vez disso. Eu estava prestes a me repetir quando ela falou:

— Gosto de sua irmã.

Uma das poucas.

Amren ergueu os olhos para mim, como se eu tivesse dito as palavras em voz alta.

— Gosto dela porque poucos gostam. Gosto dela porque não é alguém fácil de se estar por perto, ou de se entender.

— Mas?

— Mas nada — completou Amren, voltando para o quebra-cabeça. — Porque gosto dela, não estou disposta a fazer fofoca sobre seu estado atual.

— Não é fofoca. Estou preocupada. — Todos estávamos. — Ela está seguindo por um caminho que...

— Não vou trair a confiança dela.

— Ela tem falado com você? — Emoções demais cascatearam por mim diante daquilo. Alívio por Nestha ter falado com alguém, confusão por ter sido *Amren* e talvez até mesmo algum ciúme por minha irmã não ter ido até mim... ou Elain.

— Não — respondeu Amren. — Mas sei que ela não gostaria que eu ponderasse sobre o *caminho* dela com ninguém. Com você.

— Mas...

— Dê tempo a ela. Dê espaço. Dê a ela a oportunidade de entender isso sozinha.

— Faz meses.

— Ela é imortal. Meses são insignificantes.

Trinquei a mandíbula.

— Ela se recusa a ir para o Solstício. Elain vai ficar arrasada se ela não...

— Elain ou você?

Aqueles olhos prateados me prenderam no lugar.

— Nós duas — respondi entre dentes.

De novo, Amren examinou suas peças.

— Elain tem seus próprios problemas para pensar.

— De que tipo?

Amren apenas me lançou um Olhar. Eu o ignorei.

— Se Nestha ousar visitar você — concluí, e a cadeira antiga rangeu conforme a empurrei para trás e me levantei, pegando meu casaco e o cachecol do banco ao lado da porta —, diga que seria muito importante se ela viesse para o Solstício.

Amren não se incomodou em tirar os olhos do quebra-cabeça.

— Não farei promessas, menina.

Era o melhor que eu podia esperar.

# Capítulo 16

*Rhysand*

Naquela tarde, ao ocupar seu quarto na casa da cidade, Cassian largou a bolsa de couro na cama estreita contra a parede, o conteúdo chacoalhando no interior.

— Trouxe armas para o Solstício? — perguntei, recostando-me contra a ombreira da porta.

Azriel, apoiando a própria bolsa na cama oposta, lançou um vago olhar de alerta para nosso irmão. Depois de desmaiarem nos sofás da sala de estar na noite anterior, tendo um sono provavelmente desconfortável, os dois tinham finalmente se dado ao trabalho de se acomodar no quarto designado para eles.

Cassian deu de ombros, desabando na cama, que servia mais para uma criança do que para um guerreiro illyriano.

— Algumas podem ser para presente.

— E o restante?

Ele tirou as botas e se recostou na cabeceira da cama, cruzando os braços atrás da cabeça e deixando as asas descerem até o chão.

— As fêmeas trazem joias. Eu trago minhas armas.

— Conheço algumas fêmeas desta casa que poderiam se ofender com isso.

Cassian me ofereceu um sorriso malicioso como resposta. O mesmo sorriso que dera a Devlon e aos comandantes em nossa reunião, uma hora antes. Estava tudo preparado para a tempestade; todas as patrulhas identificadas. Uma reunião padrão, e uma de que eu não precisava participar, mas era sempre bom lembrá-los de minha presença. Principalmente antes de todos se reunirem para o Solstício.

Azriel caminhou até a janela solitária na ponta do quarto e olhou para o jardim abaixo.

— Jamais fiquei neste quarto. — A voz de meia-noite dele preencheu o espaço.

— É porque você e eu fomos jogados para o final da fila, irmão — respondeu Cassian, cujas asas recaíram sobre a cama e o piso de madeira. — Mor fica com o quarto bom, Elain está morando no outro, então nós ficamos com este. — Ele não mencionou que o último quarto vazio, o antigo quarto de Nestha, permaneceria aberto. Azriel, para crédito dele, também não.

— Melhor do que o sótão — sugeri.

— Pobre Lucien — disse Cassian, sorrindo.

— Se Lucien aparecer — corrigi. Nenhuma palavra sobre se ele se juntaria a nós. Ou se permaneceria naquele mausoléu que Tamlin chamava de lar.

— Aposto meu dinheiro que sim — falou Cassian. — Quer apostar?

— Não — respondeu Azriel, sem se virar da janela.

Cassian se sentou, o retrato do ultraje.

— Não?

Azriel fechou as asas.

— *Você* iria querer pessoas apostando em você?

— Vocês, canalhas, apostam em mim o tempo todo. Lembro da última vez que fizeram isso, vocês e Mor, apostando se minhas asas se curariam.

Ri com deboche. Era verdade.

Azriel permaneceu à janela.

— Nestha vai ficar aqui se vier?

Cassian subitamente percebeu que o Sifão sobre sua mão esquerda precisava ser polido.

Decidi poupá-lo.

— Nossa reunião com os comandantes foi tão bem quanto se podia esperar. Devlon realmente criou um calendário para o treinamento das meninas, para quando essa tempestade iminente for embora. Não acho que foi só pelas aparências — falei.

— Ainda ficarei surpreso se eles se lembrarem disso depois que a tempestade passar — comentou Azriel, virando-se da janela do jardim, por fim.

Cassian grunhiu em concordância.

— Alguma novidade sobre as reclamações nos acampamentos?

Mantive a expressão do rosto neutra. Az e eu tínhamos concordado em esperar até depois do feriado para contar a Cassian a totalidade do que sabíamos, de *quem* suspeitávamos ou sabíamos que estava por trás daquilo. Tínhamos contado o básico, no entanto. O bastante para abrandar qualquer culpa.

Mas eu conhecia Cassian — tão bem quanto a mim mesmo. Talvez melhor. Ele não conseguiria deixar aquilo de lado se soubesse agora. E depois de tudo que vinha suportando nos últimos meses, e muito antes disso, meu irmão merecia um descanso. Pelo menos por alguns dias.

É óbvio que aquele *descanso* já incluíra a reunião com Devlon e uma sessão exaustiva de treino no alto da Casa do Vento durante a manhã. De todos nós, o conceito de relaxar era mais estranho a Cassian.

Azriel se recostou contra o pé da cama de madeira entalhada.

— Pouco a acrescentar ao que você já sabe. — Um mentiroso moderado, tranquilo. Muito melhor do que eu. — Mas sentiram que está aumentando. A melhor época para avaliar é depois do Solstício, quando todos tiverem voltado para casa. Veremos quem espalha a discórdia então. Se terá aumentado enquanto todos comemoravam juntos ou estavam presos pela neve com a tempestade.

O modo perfeito de então revelar a extensão total do que sabíamos.

Se os illyrianos se revoltassem... Eu não queria pensar tão longe. O que me custaria. O que custaria a Cassian: combater o povo do qual ele ainda tão desesperadamente queria fazer parte. Matá-los. Seria muito diferente do que tínhamos feito com os illyrianos que haviam servido Amarantha voluntariamente e feito coisas tão terríveis em seu nome. Muito diferente.

Afastei o pensamento. Mais tarde. Depois do Solstício. Lidaríamos com isso então.

Cassian, felizmente, parecia disposto a fazer o mesmo. Não que eu o culpasse, considerando a hora de imposições medíocres que aturara antes de atravessarmos até a casa. Mesmo agora, séculos depois, os senhores e comandantes dos acampamentos ainda o desafiavam. Ainda o desprezavam.

Os pés de Cassian já estavam para fora da cama, e as pernas não estavam nem mesmo totalmente esticadas.

— Quem dormia aqui? É do tamanho de Amren.

Soltei um riso.

— Cuidado com o quanto reclama. Feyre já nos chama de bebês illyrianos com muita frequência.

Azriel riu.

— O voo dela melhorou tanto que acho que tem o direito de fazer isso.

Senti uma onda de orgulho. Talvez voar não fosse natural para ela, mas compensava com garra e concentração puras. Eu tinha perdido a conta das horas que havíamos passado no ar — o tempo precioso que conseguíamos roubar para nós.

— Posso ver se encontro camas mais longas para vocês dois — disse a Cassian. Com a véspera do Solstício, seria necessário um pequeno milagre. Eu precisaria virar Velaris do avesso.

Ele gesticulou.

— Não precisa. Melhor do que o sofá.

— Deixando de lado o fato de que você estava bêbado demais para subir as escadas ontem à noite — comentei, sarcasticamente, o que me garantiu um gesto vulgar como resposta —, o espaço nesta casa realmente parece ser um problema. Vocês poderiam ficar lá em cima, na Casa, se preferissem. Posso atravessá-los.

— A Casa é chata. — Cassian bocejou para dar ênfase. — Az se esconde nas sombras e eu fico sozinho.

Azriel me lançou um olhar que queria dizer *É um bebê illyriano mesmo.*

Escondi o sorriso e me voltei para Cassian:

— Talvez devesse arrumar uma casa para você, então.

— Tenho uma em Illyria.

— Quis dizer aqui.

Cassian ergueu uma sobrancelha.

— Não preciso de uma casa aqui. Preciso de um *quarto*. — Ele mais uma vez tentou se esticar, chacoalhando a cama inteira. — Este aqui estaria bom se não tivesse uma cama de boneca.

Ri de novo, mas contive a réplica. Minha sugestão de que ele poderia *querer* um lugar próprio. Em breve.

Não que alguma coisa estivesse acontecendo naquela frente. Nem aconteceria tão cedo. Nestha tinha demonstrado não ter qualquer interesse em Cassian — nem mesmo em estar no mesmo cômodo que ele. Eu sabia por quê. Já tinha visto aquilo acontecer, tinha me sentido daquela forma diversas vezes.

— Talvez este seja seu presente de Solstício, Cassian — respondi em vez disso. — Uma nova cama aqui.

— Melhor do que os presentes de Mor — murmurou Az.

Cassian riu, e o som ecoou pelas paredes.

Mas olhei na direção do Sidra, erguendo uma sobrancelha.

Ela parecia radiante.

A véspera do Solstício tinha recaído completamente sobre Velaris, silenciando o murmúrio que pulsava pela cidade nas últimas semanas, como se todos parassem para ouvir a neve caindo.

Uma queda suave, sem dúvida, comparada com a tempestade selvagem que caía sobre as montanhas illyrianas.

Tínhamos nos reunido na sala de estar, o fogo crepitava, o vinho estava aberto e rolando. Embora nem Lucien nem Nestha tivessem dado as caras, o humor estava longe de ser sombrio.

De fato, quando Feyre saiu do corredor da cozinha, aproveitei para simplesmente admirá-la de onde eu estava, em uma poltrona perto da lareira.

Ela foi direto para Mor — talvez porque minha prima estivesse segurando o vinho, com a garrafa já estendida.

Admirei a vista das costas de Feyre enquanto sua taça era enchida.

Foi difícil conter cada instinto selvagem diante daquela vista particular. Diante das curvas e das reentrâncias de minha parceira, de sua cor — tão vibrante, mesmo nessa sala com tantas personalidades. O vestido azul-escuro de veludo a abraçava perfeitamente, deixando pouco para a imaginação antes de se derramar no chão. Ela deixara os cabelos soltos, cacheados levemente nas pontas — cabelos nos quais eu sabia que mais tarde iria querer mergulhar minhas mãos, espalhando os grampos de prata que prendiam as laterais. E então abriria aquele vestido. Devagar.

— Você vai me fazer vomitar — sibilou Amren, me chutando com o sapato de seda prateada de onde estava sentada na poltrona adjacente à minha. — Contenha esse seu cheiro, menino.

Olhei incrédulo para ela.

— Peço desculpas. — Lancei um olhar para Varian, que estava de pé ao lado da poltrona, e silenciosamente ofereci minhas condolências a ele.

Varian, vestindo o azul e dourado da Corte Estival, apenas sorriu e inclinou a cabeça em minha direção.

Estranho, tão estranho ver o príncipe de Adriata aqui. Em minha casa da cidade. Sorrindo. Bebendo minhas bebidas.

Até que...

— Você sequer comemora o Solstício na Corte Estival?

Até que Cassian decidiu abrir a boca.

Com os cabelos prateados brilhando à luz da lareira, Varian virou a cabeça na direção do sofá onde Cassian e Azriel estavam jogados.

— No verão, obviamente. Pois há dois Solstícios.
Azriel escondeu o sorriso ao tomar um gole do vinho.
Cassian jogou um braço no encosto do sofá.
— É mesmo?
Pela Mãe. Seria esse tipo de noite, então.
— Não se incomode em responder — disse Amren a ele, bebendo do próprio vinho. — Cassian é exatamente tão burro quanto parece. E quanto soa — acrescentou ela, com um olhar cortante.
Meu irmão ergueu o copo em um brinde antes de beber.
— Suponho que seu Solstício de Verão seja o mesmo, em tese, que o nosso — eu disse a Varian, embora soubesse a resposta. Tinha visto muitos deles, tempos atrás. — Famílias se reúnem, comida é consumida, presentes são compartilhados.
Ele me deu o que eu podia ter jurado ser um aceno de gratidão.
— Exato.
Feyre apareceu ao lado de minha poltrona, e seu cheiro me impregnou. Eu a puxei para baixo, para se sentar no braço estofado da poltrona.
Ela fez isso com uma familiaridade que aqueceu algo bem no fundo de meu peito, sem sequer se incomodar em olhar em minha direção antes de seu braço deslizar por meus ombros. Apenas o apoiando ali — apenas porque ela podia.
Parceira. Minha parceira.
— Então Tarquin não comemora o Solstício de Inverno de jeito algum? — perguntou ela a Varian.
Um aceno negativo com a cabeça.
— Talvez o devêssemos ter convidado — ponderou Feyre.
— Ainda há tempo — sugeri. O Caldeirão sabia que precisávamos de alianças mais do que nunca. — A decisão é sua, príncipe.
Varian olhou para Amren, que parecia estar completamente concentrada em sua taça de vinho.
— Vou pensar.
Assenti. Tarquin era o Grão-Senhor dele. Se viesse, a concentração de Varian estaria em outro lugar. Longe de onde ele queria que estivesse — durante os poucos dias que tinha com Amren.

Mor desabou no sofá entre Cassian e Azriel, os cachos dourados se mexendo.

— Gosto que sejamos apenas nós, de todo modo — disse ela. — E você, Varian — corrigiu Mor.

Varian ofereceu um sorriso que dizia que reconhecia o esforço.

O relógio na lareira soou oito horas. Como se a tivesse convocado, Elain deslizou para a sala.

Mor imediatamente se levantou, oferecendo — *insistindo* no vinho. Típico.

Elain educadamente recusou, ocupando um lugar em uma das cadeiras de madeira dispostas à janela recuada. Também típico.

Mas Feyre estava encarando o relógio, com a testa franzida. *Nestha não vem.*

*Você a convidou para amanhã.* Lancei uma carícia tranquilizadora pelo laço, como se pudesse varrer o desapontamento que ondulava dela.

A mão de Feyre apertou meu ombro.

Ergui a taça, e a sala se calou.

— À família, velha e nova. Que as festividades de Solstício comecem.

E todos bebemos a isso.

# Capítulo 17

*Feyre*

O brilho da luz do sol na neve passando pelas nossas grossas cortinas de veludo me acordou na manhã do Solstício.

Olhei com raiva para o fiapo de luminosidade e virei a cabeça para longe da janela. Mas minha bochecha bateu em algo enrugado e firme. Definitivamente não era meu travesseiro.

Depois de descolar a língua do céu da boca e esfregar a dor de cabeça que tinha se formado em minha têmpora esquerda graças às horas de bebedeira, risadas e mais bebedeira até os primeiros momentos da manhã, me levantei o suficiente para ver o que tinha sido colocado ao lado de meu rosto.

Um presente. Embrulhado em papel crepom preto e amarrado com linha prateada. E ao lado dele, sorrindo para mim, estava Rhys.

Ele tinha apoiado a cabeça em um punho e deixado as asas caídas sobre a cama.

— Feliz aniversário, Feyre querida.

Resmunguei.

— Como está sorrindo depois de todo aquele vinho?

— Não tomei uma garrafa inteira sozinho, só por isso. — Ele traçou um dedo pela depressão de minha coluna.

Eu me apoiei nos cotovelos, avaliando o presente que Rhys expusera. Era retangular e quase chato, com a espessura de apenas cinco centímetros ou menos.

— Eu estava torcendo para que esquecesse.

Rhys deu um leve sorriso.

— Obviamente que estava.

Bocejando, me arrastei até ficar de joelhos, espreguiçando os braços bem acima da cabeça antes de puxar o presente para mim.

— Achei que abriríamos os presentes esta noite com os outros.

— É seu aniversário — lembrou ele, em tom arrastado. — As regras não se aplicam a você.

Revirei os olhos para o comentário, mesmo ao sorrir um pouco. Abrindo o embrulho com cuidado, tirei de dentro um belíssimo caderno de couro preto flexível, tão macio que era quase como veludo. Na frente, gravadas em letras prateadas simples, estavam minhas iniciais.

Ao abrir a capa mole, páginas e páginas de um lindo papel espesso surgiram. Todas em branco.

— Um caderno de desenho — disse ele. — Só para você.

— É lindo. — Era mesmo. Simples, mas feito com primor. Eu teria escolhido algo assim para mim, se tal luxo não parecesse excessivo.

Eu me abaixei para beijá-lo, um roçar de nossas bocas. Pelo canto do olho, vi outro item surgir em meu travesseiro.

Recuei e vi um segundo presente esperando: uma caixa grande envolta em papel ametista.

— Mais?

Rhys gesticulou com a mão preguiçosa, com pura arrogância illyriana.

— Achou que um caderno de desenhos seria o suficiente para minha Grã-Senhora?

Meu rosto corou, então abri o segundo presente. Uma echarpe azul-celeste da mais macia lã estava dobrada dentro da caixa.

— Assim pode parar de roubar as de Mor — disse ele, piscando um olho.

Sorri, passando a echarpe a meu redor. Cada centímetro de pele que ela tocou pareceu exuberante.

— Obrigada — falei, acariciando o material elegante. — A cor é linda.

— Hmmm. — Outro gesto de mão e um terceiro presente surgiu.

— Isso está ficando excessivo.

Rhys apenas arqueou uma sobrancelha e eu ri ao abrir o terceiro presente.

— Uma nova bolsa para meus suprimentos de pintura — sussurrei, passando as mãos pelo couro fino enquanto admirava todos os bolsos e as tiras. Um conjunto de lápis e carvões já estava dentro dela. A frente também tinha sido gravada com minhas iniciais, junto com uma minúscula insígnia da Corte Noturna. — Obrigada — falei, de novo.

O sorriso de Rhysand se intensificou.

— Tive a sensação de que joias não estariam no alto de sua lista de desejos.

Era verdade. Por mais que fossem lindas, eu tinha pouco interesse nelas. E já tinha muitas.

— Isso é exatamente o que eu teria pedido.

— Se não estivesse torcendo para que seu próprio parceiro se esquecesse de seu aniversário.

Dei um riso.

— Se não estivesse torcendo por isso. — Eu o beijei de novo, e quando fiz menção de me afastar, Rhys passou a mão por trás de minha cabeça e me segurou ali.

E me beijou intensa e preguiçosamente — como se fosse ficar contente em não fazer outra coisa o dia todo. Eu poderia ter considerado isso.

Mas consegui me desvencilhar e cruzei as pernas ao sentar outra vez na cama para pegar o novo caderno de desenho e a bolsa de suprimentos.

— Quero desenhar você — falei. — Como um presente de aniversário para *mim*.

O sorriso de Rhys foi definitivamente felino.

Abrindo o caderno e virando para a primeira página, acrescentei:
— Você disse uma vez que o melhor seria nu.

Os olhos de Rhys brilharam, e um sussurro de seu poder pelo quarto abriu as cortinas, inundando o espaço com a luz do sol do meio da manhã. E mostrando cada glorioso centímetro nu de seu corpo jogado sobre a cama, e iluminando também os tons suaves de vermelho e dourado das asas de meu parceiro.

— Faça seu pior, Quebradora da Maldição.

Com meu sangue fervendo, peguei um pedaço de carvão e comecei.

⚜

Eram quase 11 horas quando saímos do quarto. Eu tinha enchido páginas e páginas do caderno com ele — desenhos de suas asas, dos olhos, das tatuagens illyrianas. E o suficiente de seu lindo corpo nu, de modo que eu sabia que jamais mostraria aquele caderno a ninguém além de Rhys. Ele de fato murmurara sua aprovação ao folhear meu trabalho, sorrindo diante da precisão dos desenhos sobre certas áreas de seu corpo.

A casa da cidade ainda estava silenciosa conforme descemos as escadas, com meu parceiro vestindo couros illyrianos — por qualquer que fosse o motivo estranho. Se a manhã do Solstício incluísse uma das sessões de treino exaustivas de Cassian, eu ficaria alegremente para trás e começaria a comer o banquete cujo cheiro do preparo eu já sentia vindo da cozinha no fim do corredor.

Ao entrar na sala de jantar e encontrar o café da manhã à espera, mas nenhum de nossos companheiros presentes, Rhys me ajudou a sentar em minha cadeira habitual no meio da mesa, então deslizou para a cadeira ao lado.

— Imagino que Mor ainda esteja dormindo lá em cima. — Coloquei um doce de chocolate em meu prato e outro no dele.

Rhys cortou a quiche de alho-poró com presunto, e em seguida colocou um pedaço em meu prato.

— Ela bebeu ainda mais do que você, então acho que não a veremos até o pôr do sol.

Ri e estendi a xícara para receber o chá que ele estava oferecendo, com vapor espiralando do bico da chaleira.

Mas duas figuras imensas preencheram o arco da sala de jantar, e Rhys parou.

Azriel e Cassian, que tinham se esgueirado com passos suaves como os de gatos, também usavam os couros illyrianos.

E pelos sorrisos exultantes, eu sabia que aquilo não acabaria bem. Os dois se moveram antes que Rhys conseguisse, e apenas uma faísca de seu poder evitou que a chaleira caísse na mesa antes de o puxarem do assento. Mirando direto para a porta da frente.

Eu apenas mordi meu doce.

— Por favor, tragam Rhys de volta inteiro.

— Cuidaremos bem dele — prometeu Cassian, com humor malicioso nos olhos.

— Se ele conseguir acompanhar. — Até mesmo Azriel sorria.

Ergui uma sobrancelha, e no momento em que eles sumiram pela porta da frente, ainda arrastando Rhys, meu parceiro anunciou:

— Tradição.

Como se isso fosse uma explicação.

E então os três se foram; para onde, só a Mãe sabia.

Mas pelo menos nenhum dos illyrianos tinha se lembrado de meu aniversário — graças ao Caldeirão.

Portanto, com Mor dormindo e Elain provavelmente na cozinha ajudando a preparar aquela deliciosa comida cujo aroma já preenchia a casa, eu me deliciei com uma rara refeição silenciosa. E me servi do doce que tinha colocado no prato de Rhys, junto com sua porção da quiche. Assim como outro pedaço depois desse.

Tradição, de fato.

Com pouco para fazer além de descansar até que as festividades começassem na hora que antecedia ao pôr do sol, eu me acomodei à escrivaninha de nosso quarto para resolver alguma papelada.

*Muito festivo*, ronronou Rhys pelo laço

Eu quase conseguia ver seu sorriso.

*E onde, exatamente, você está?*

*Não se preocupe.*

Olhei com raiva para o olho na palma de minha mão, embora soubesse que Rhys não o utilizasse mais. *Isso faz parecer que eu deveria me preocupar.*

Uma risada sombria. *Cassian disse que você pode esmurrá-lo quando chegarmos em casa.*

*Que será quando?*

Uma pausa longa demais. *Antes do jantar?*

Gargalhei. *Melhor eu não querer saber mesmo, não é?*

*Sim, melhor.*

Ainda sorrindo, deixei que o fio entre nós caísse e suspirei diante dos papéis que me encaravam. Contas, e cartas, e orçamentos...

Ergui uma sobrancelha para os últimos, puxando um volume encapado em couro para mim. Uma lista de despesas domésticas — apenas para Rhys e eu. Uma gota de água em comparação com a riqueza contida nos vários bens de meu parceiro. Nossos bens. Ao pegar um pedaço de papel, comecei a contar as despesas até então, trabalhando em um emaranhado de matemática.

O dinheiro *estava* lá para que eu o usasse se quisesse. Para comprar aquele estúdio. Havia dinheiro nos fundos de "compras variadas" para fazer isso.

Sim, eu poderia comprar aquele estúdio em um segundo com a fortuna que tinha em meu nome. Mas usar o dinheiro tão indulgentemente, mesmo para um estúdio que não seria apenas para mim...

Fechei o livro de contas, deslizando meus cálculos para entre as páginas, e me levantei. A papelada podia esperar. Decisões como aquela podiam esperar. Rhys tinha dito que o Solstício era para a família. E como ele estava no momento com os irmãos, supus que deveria encontrar pelo menos uma de minhas irmãs.

Elain me encontrou a meio caminho da cozinha, levando uma bandeja de tortas de geleia para a mesa na sala de jantar. Onde uma variedade de quitutes tinha começado a tomar forma, como bolos em camadas e biscoitos com cobertura. Pães cobertos de açúcar e tortas de frutas cobertas de caramelo.

— Estão bonitos — eu disse a ela, como um cumprimento, assentindo na direção dos biscoitos em formato de coração na bandeja. *Todos* pareciam bonitos.

Elain sorriu, a trança dela oscilava a cada passo na direção da crescente montanha de comida.

— O gosto está tão bom quanto a aparência. — Ela apoiou a bandeja e limpou as mãos cobertas de farinha no avental que usava sobre o vestido rosa-pálido. Mesmo no meio do inverno, Elain era uma florescência de cor e sol.

Ela me entregou uma das tortas, com o açúcar brilhando. Mordi sem hesitar e soltei um murmúrio de prazer. Elain sorriu.

— Há quanto tempo está trabalhando nisso? — perguntei entre mordidas, observando a comida que se reunia na mesa.

Um gesto de um dos ombros.

— Desde o alvorecer. — Elain acrescentou: — Nuala e Cerridwen acordaram horas antes.

Eu tinha visto o bônus de Solstício que Rhys dera a cada uma delas. Era mais do que a maioria das famílias ganhava em um ano. E elas mereciam cada maldita moeda de cobre.

Principalmente pelo que tinham feito por minha irmã. O companheirismo, o propósito, o pequeno senso de normalidade naquela cozinha. Ela comprara para as duas aqueles cobertores aconchegantes e felpudos da tecelã, um cor de framboesa e o outro lilás.

Elain me observou de volta conforme terminei a torta e peguei outra.

— Teve alguma notícia dela?

Eu sabia de quem minha irmã estava falando. No momento em que abri a boca para dizer que não, uma batida soou à porta.

Elain se moveu tão rápido que mal consegui acompanhar. Escancarou a porta de vidro embaçado da antecâmara no saguão, e então destrancou a pesada porta de carvalho da frente.

Mas não era Nestha quem estava no degrau da entrada, com as bochechas vermelhas de frio.

Não, quando Elain recuou um passo, afastando a mão da maçaneta, ela revelou Lucien, sorrindo levemente para nós duas.

— Feliz Solstício — foi tudo o que ele falou.

# CAPÍTULO
# 18

*Feyre*

— Você parece bem — comentei quando nos acomodamos nas poltronas diante da lareira. Elain se sentou silenciosamente no sofá próximo.

Lucien aqueceu as mãos no brilho do fogo de bétula, com a luz projetando em seu rosto tons vermelhos e dourados — dourados que combinavam com o olho mecânico.

— Você também. — Um olhar de esguelha para Elain, ágil e passageiro. — Vocês duas.

Minha irmã não disse nada, mas pelo menos inclinou a cabeça em agradecimento. Na sala de jantar, Nuala e Cerridwen continuaram a acrescentar comida à mesa, a presença delas como pouco mais do que sombras gêmeas conforme caminhavam através das paredes.

— Você trouxe presentes — observei, inutilmente, assentindo na direção da pequena pilha que ele colocara ao lado da janela.

— É uma tradição de Solstício aqui, não é?

Contive o tremor. O último Solstício que eu tinha passado fora na Corte Primaveril. Com Ianthe. E Tamlin.

— Sinta-se bem-vindo para passar a noite — falei, pois Elain certamente não falaria.

Lucien abaixou as mãos para o colo e se recostou na poltrona.

— Obrigado, mas tenho outros planos.

Rezei para que ele não visse o leve brilho de alívio no rosto de minha irmã.

— Para onde vai? — perguntei, esperando manter sua concentração em mim. Sabendo que era uma tarefa impossível.

— Eu... — Lucien buscou as palavras. Não por alguma mentira ou desculpa, percebi um momento depois. Percebi quando ele falou: — Tenho estado vez ou outra na Corte Primaveril. Mas quando não estou aqui em Velaris, tenho basicamente ficado com Jurian. E Vassa.

Enrijeci o corpo.

— É mesmo? Onde?

— Há uma velha mansão no sudeste, no território dos humanos. Jurian e Vassa foram... presenteados com ela.

Pelas linhas de expressão que emolduraram a boca de Lucien, entendi quem provavelmente providenciara para que a mansão caísse nas mãos deles. Graysen — ou o pai dele. Não ousei olhar para Elain.

— Rhys mencionou que eles ainda estavam em Prythian. Não percebi que era uma situação tão permanente.

Um curto aceno.

— Por ora. Enquanto as coisas são resolvidas.

Como o mundo sem a muralha. Como as quatro rainhas humanas que ainda ocupavam algum lugar no continente. Mas não era o momento de falar sobre isso.

— Como eles estão? Jurian e Vassa? — Eu já tinha descoberto bastante com Rhys a respeito de Tamlin. Não queria ouvir mais.

— Jurian... — Lucien exalou, observando o teto de madeira entalhada acima. — Graças ao Caldeirão por ele. Jamais achei que diria isso, mas é verdade. — Ele passou a mão pelos cabelos ruivos sedosos. — Ele está fazendo com que tudo funcione. Acho que teria sido coroado rei a esta altura se não fosse por Vassa. — Um tremor dos lábios, um brilho naquele olho vermelho. — Ela está muito bem. Aproveitando cada segundo da liberdade temporária.

Não tinha me esquecido da súplica de Vassa naquela noite depois da última batalha contra Hybern. Para quebrar a maldição que a mantinha humana à noite e pássaro de fogo de dia. Uma rainha que fora um dia orgulhosa — ainda orgulhosa, sim, mas desesperada para reivindicar a liberdade. O corpo humano. O reino.

— Ela e Jurian estão se dando bem?

Eu não os vira interagir e só podia imaginar como seriam os dois juntos no mesmo cômodo, ambos tentando liderar os humanos que ocupavam o fiapo de terra na ponta mais ao sul de Prythian. Deixada sem governo por tanto tempo. Tempo demais.

Não restava nenhum rei ou rainha naquelas terras. Nenhuma memória do nome ou da linhagem deles.

Pelo menos entre os humanos. Os feéricos talvez soubessem. Rhys talvez soubesse.

Mas tudo o que restava de quem quer que um dia tivesse governado a ponta sul de Prythian era uma variedade maltrapilha de lordes e ladies. Nada mais. Nenhum duque ou conde nem qualquer dos títulos que um dia ouvira minhas irmãs mencionar enquanto discutiam os humanos do continente. Não havia tais títulos nas terras feéricas. Não em Prythian.

Não, havia apenas Grão-Senhores e senhores. E agora uma Grã--Senhora.

Eu me perguntei se os humanos tinham passado a usar *senhor* como um título graças aos Grão-Feéricos que espreitavam acima da muralha.

Espreitavam — mas não mais.

Lucien considerou minha pergunta.

— Vassa e Jurian são dois lados da mesma moeda. Felizmente a visão deles para o futuro dos territórios humanos é praticamente alinhada. Mas os métodos para obtê-la... — Um franzir de testa para Elain, então um tremor para mim. — Essa não é uma conversa adequada para o Solstício.

Definitivamente não era, mas eu não me incomodava. Quanto a Elain...

Minha irmã ficou de pé.

— Eu deveria pegar bebidas.

Lucien também se levantou.

— Não precisa se incomodar. Eu vou...

Mas ela já tinha saído da sala.

Quando seus passos se afastaram do alcance dos ouvidos, Lucien desabou na poltrona novamente e soltou um longo suspiro.

— Como ela está?

— Melhor. Não menciona as habilidades. Se é que elas persistem.

— Que bom. Mas ela ainda... — Um músculo estremeceu na mandíbula de Lucien. — Ela ainda está de luto por ele?

As palavras eram pouco mais do que um grunhido.

Mordi o lábio, sopesando o quanto da verdade revelar. No fim, escolhi revelar tudo.

— Ela estava profundamente apaixonada por ele, Lucien.

O olho vermelho se agitou com uma raiva intensa. Um instinto incontrolável — para o parceiro eliminar qualquer ameaça. Mas ele permaneceu sentado. Mesmo quando seus dedos se enterraram na poltrona.

— Faz apenas alguns meses. Graysen foi muito direto ao afirmar que o noivado acabou, mas pode levar um tempo até que ela supere isso — prossegui.

De novo aquele ódio. Não de ciúmes, ou qualquer ameaça, mas...

— Ele é o maior canalha que já vi.

Lucien *tinha* visto Graysen, percebi. De alguma forma, ao viver com Jurian e Vassa naquela mansão, ele tinha esbarrado com o antigo prometido de Elain. E conseguira deixar o senhor humano respirando.

— Eu concordaria com você nisso — admiti. — Mas lembre-se de que estavam noivos. Dê a ela tempo para aceitar isso.

— Para aceitar uma vida acorrentada a mim?

Minhas narinas se dilataram.

— Não foi o que quis dizer.

— Ela não quer nada comigo.

— *Você* iria querer, se os lugares fossem invertidos?

Ele não respondeu.

— Depois que o Solstício acabar, por que não fica aqui por uma ou duas semanas? Não em seu apartamento, quero dizer. Aqui, na casa da cidade.

— Para fazer o quê?

— Passar tempo com ela.

— Não acho que ela tolere dois minutos sozinha comigo, quem dirá duas semanas. — A mandíbula de Lucien rangia enquanto ele estudava o fogo.

Fogo. O dom de sua mãe.

Não do pai.

Sim, era o dom de Beron. O dom do pai que o mundo acreditava que o havia gerado. Mas não o dom de Helion. Seu verdadeiro pai.

Eu ainda não tinha mencionado isso. A ninguém exceto Rhys.

Também não era hora daquilo.

— Eu esperava — arrisquei dizer — que quando você alugasse o apartamento, viesse trabalhar aqui. Conosco. Ser nosso emissário humano.

— Não estou fazendo isso agora? — Ele arqueou uma sobrancelha. — Não estou mandando dois relatórios por semana para seu mestre espião?

— Poderia vir *morar* aqui, é tudo o que estou dizendo — insisti. — Realmente morar aqui, ficar em Velaris por mais tempo do que alguns dias por vez. Poderíamos arrumar aposentos melhores para você...

Lucien ficou de pé.

— Não preciso de sua caridade.

Eu também me levantei.

— Mas a de Jurian e Vassa não tem problema?

— Ficaria surpresa ao ver como nós três nos damos bem.

Amigos, percebi. Eles tinham, de alguma forma, se tornado os *amigos* dele.

— Então preferiria ficar com eles?

— Não estou ficando *com* eles. A mansão é *nossa*.

— Interessante.

O olho dourado rangeu.

— O quê?

Não me sentindo nada festiva, retruquei em tom afiado:

— Que você agora se sinta mais à vontade com humanos do que com Grão-Feéricos. Se me perguntar...

— Não perguntei.

— Parece que decidiu se juntar a duas pessoas sem lares também.

Lucien me encarou, longa e severamente. Quando falou, sua voz saiu áspera.

— Feliz Solstício para você, Feyre.

Ele se virou na direção do saguão, mas segurei seu braço para impedi-lo. O músculo definido do antebraço se moveu sob a seda fina do casaco cor de safira, mas Lucien não fez menção de se desvencilhar.

— Não quis dizer isso — falei. — Você tem um lar aqui. Se quiser.

Lucien estudou a sala de estar, o saguão adiante e a sala de jantar do outro lado.

— O Bando de Exilados.

— O quê?

— É assim que nos chamamos. O Bando de Exilados.

— Vocês têm um nome para o grupo. — Contive o tom de incredulidade.

Ele assentiu.

— Jurian não é um exilado — comentei. Vassa, sim. Lucien, duas vezes já.

— O reino de Jurian não passa de poeira e memória semiesquecida. Seu povo está há muito espalhado e sendo absorvido por outros territórios. Ele pode se chamar como quiser.

Sim, depois da batalha contra Hybern, depois da ajuda de Jurian, creio que poderia mesmo.

— E o que exatamente esse Bando de Exilados planeja fazer? Oferecer eventos? Organizar comitês de planejamento de festas? — perguntei.

O olho metálico de Lucien estalou levemente e se semicerrou.

— Você pode ser tão babaca quanto aquele seu parceiro, sabia disso?

Era verdade. Suspirei de novo.

— Desculpe. É que...

— Não tenho mais para onde ir. — Antes que eu pudesse protestar, ele continuou: — Você arruinou qualquer chance que tenho de voltar para a Primaveril. Não para Tamlin, mas para a corte além da casa dele. Todos ainda acreditam nas mentiras que você contou ou que fui cúmplice de sua enganação. E quanto a este lugar... — Ele se desvencilhou de meu toque e seguiu para a porta. — *Eu* não suporto ficar no mesmo cômodo que ela por mais de dois minutos. *Eu* não suporto estar nesta corte e ter seu parceiro pagando até pelas roupas que visto.

Estudei a jaqueta que ele vestia. Eu a vira antes. Na...

— Tamlin a enviou para nossa mansão ontem — sibilou Lucien. — Minhas roupas. Meus pertences. Tudo. Mandou enviarem da Corte Primaveril e largarem à porta.

Canalha. Ainda um canalha, apesar do que fizera por Rhys e por mim durante aquela última batalha. Mas a culpa por aquele comportamento não estava apenas nos ombros de Tamlin. Eu tinha causado aquela divisão. Eu a rasgara com as próprias mãos.

Não me sentia culpada o suficiente para querer pedir desculpas. Ainda não. Talvez nunca.

— Por quê? — Foi a única coisa que consegui pensar em perguntar.

— Talvez tenha algo a ver com a visita de seu parceiro.

Minha coluna enrijeceu.

— Rhys não envolveu você naquilo.

— Foi como se tivesse envolvido. O que quer que tenha dito ou feito, Tamlin decidiu que deseja permanecer em solidão. — O olho vermelho escureceu. — Seu parceiro deveria saber que não se deve chutar um macho caído.

— Não posso dizer que me sinto mal por ele ter feito isso.

— Precisará de Tamlin como aliado antes de a poeira baixar. Tenha cuidado.

Eu não queria pensar nem considerar aquilo hoje. Em dia nenhum.

— Meu assunto com ele está encerrado.

— O seu pode estar, mas o de Rhys, não. E seria bom lembrar seu parceiro desse fato.

Um pulso percorreu o laço, como se em resposta. *Tudo bem?*

Deixei que Rhys visse e ouvisse tudo que fora dito; a conversa foi transmitida em um piscar de olhos. *Sinto muito por ter causado problemas a ele,* falou Rhys. *Precisa que eu volte para casa?*

*Eu cuido disso.*

*Avise se precisar de alguma coisa*, disse ele, e o laço ficou em silêncio.

— Checando se está tudo bem? — perguntou Lucien, baixinho.

— Não sei do que está falando — respondi, com o retrato do tédio estampado no rosto.

Ele me olhou como se tivesse compreendido, então continuou até a porta, pegando o pesado sobretudo e o cachecol dos ganchos pregados ao painel de madeira ao lado da saída.

— A caixa maior é para você. A menor é para ela.

Levei um segundo para perceber que ele estava falando dos presentes. Olhei por cima do ombro para a cuidadosa embalagem prateada, laços azuis sobre as duas caixas.

Quando olhei de volta, Lucien já tinha ido embora.

☦

Encontrei minha irmã na cozinha, observando a chaleira gritar.

— Ele não vai ficar para o chá — falei.

Nenhum sinal de Nuala ou Cerridwen.

Elain simplesmente tirou a chaleira do fogo.

Eu sabia que não estava realmente irritada com ela, não estava irritada com ninguém além de mim mesma, mas falei:

— Não podia dizer uma única palavra para ele? Um cumprimento agradável?

Minha irmã apenas encarou a chaleira fumegante ao apoiá-la no balcão de pedra.

— Ele trouxe um presente para você.

Aqueles olhos castanhos de corça se viraram para mim. Mais afiados do que eu jamais os vira.

— E isso dá a ele o direito a meu tempo, minha afeição?

— Não. — Pisquei. — Mas ele é um macho *bom*. — Apesar de nossas palavras severas. Apesar dessa baboseira de Bando de Exilados. — Que se importa com você.

— Ele não me conhece.

— Você não dá a ele a chance de sequer tentar fazer isso.

Sua boca se contraiu, o único sinal de raiva no semblante gracioso.

— Não quero um parceiro. Não quero um *macho*.
Ela queria um homem; um humano.
Solstício. Hoje era Solstício e todos deveriam estar alegres e felizes. Certamente *não* brigando a torto e a direito.
— Sei que não quer. — Exalei demoradamente. — Mas...
Mas eu não fazia ideia de como terminar aquela frase. Só porque Lucien era o parceiro dela não queria dizer que tinha o direito de reivindicar o tempo de Elain. Sua afeição. Ela era independente, capaz de fazer as próprias escolhas. Avaliar as próprias necessidades.
— Ele é um macho bom — repeti. — E... e apenas... — Busquei as palavras com dificuldade. — Não gosto de ver nenhum de vocês infeliz.
Elain encarou a bancada, os quitutes prontos e os incompletos estavam dispostos na superfície, enquanto a chaleira esfriava no balcão.
— Sei que não gosta.
Não havia mais nada a ser dito. Então toquei o ombro dela e saí. Elain não disse nada.
Encontrei Mor sentada nos degraus na base da escada, usando calça larga de cor pêssego e um suéter branco grosso. Uma combinação do habitual estilo de Amren com o meu.
Com os brincos dourados brilhando, ela me ofereceu um sorriso sombrio.
— Bebida? — Um decantador e dois copos surgiram em suas mãos.
— Pela Mãe, sim.
Mor esperou até que eu estivesse sentada ao seu lado nos degraus de carvalho e tivesse entornado um punhado de líquido âmbar, que desceu queimando por minha garganta e aqueceu minha barriga, antes de perguntar:
— Quer meu conselho?
Não. Sim.
Assenti.
Mor bebeu intensamente do copo.
— Fique fora disso. Ela não está pronta, e ele também não, não importa quantos presentes traga.

Ergui uma sobrancelha.

— Enxerida.

Mor se recostou nos degraus, sem qualquer arrependimento.

— Deixe que ele viva com seu Bando de Exilados. Deixe que lide com Tamlin da forma dele. Deixe que decida onde quer estar. *Quem* quer ser. O mesmo vale para ela.

Mor estava certa.

— Sei que ainda se culpa por suas irmãs terem sido Feitas. — Ela cutucou meu joelho com o dela. — E, por causa disso, quer consertar tudo para elas agora que estão aqui.

— Sempre quis fazer isso — falei, sombriamente.

Ela deu um sorriso torto.

— É por isso que amamos você. Por isso que elas amam você.

Sobre Nestha, eu não tinha tanta certeza.

— Apenas seja paciente. Tudo vai se resolver. Sempre se resolve — prosseguiu Mor.

Outra semente de verdade.

Enchi o copo de novo, apoiei o decantador de cristal no degrau atrás de nós e bebi novamente.

— Quero que sejam felizes. Todos eles.

— E serão.

Ela disse aquelas palavras simples com uma convicção tão determinada que acreditei.

Arqueei uma sobrancelha.

— E você... você está feliz?

Mor sabia do que eu estava falando, mas ela apenas sorriu, girando a bebida no copo.

— É Solstício. Estou com minha família. Estou bebendo. Estou *muito* feliz.

Uma evasão habilidosa. Da qual eu estava feliz em participar. Brindei com o copo pesado contra o dela.

— E por falar em nossa família... Onde estão aqueles *malditos*?

Os olhos castanhos de Mor se iluminaram.

— Ah... ah, ele não contou para você, não é?

Meu sorriso vacilou.

— Contou o quê?
— O que os três fazem toda manhã de Solstício.
— Estou começando a ficar nervosa.
Ela apoiou o copo e segurou meu braço.
— Venha comigo.
Antes que eu pudesse protestar, ela nos atravessou.
Uma luz ofuscante me atingiu. Assim como o frio.
Frio gélido, cruel. Frio demais para o suéter e a calça que usávamos.
Neve. E sol. E vento.
E montanhas.
E... um chalé.
*O* chalé.
Mor apontou para o campo infinito no alto da montanha. Coberto de neve, exatamente como eu o vira pela última vez. Contudo, em vez de uma extensão lisa, ininterrupta...
— Aqueles são *fortes de neve*?
Um aceno de cabeça.
Algo branco disparou pelo campo, branco e duro e reluzente, então...
Um urro de Cassian ecoou pelas montanhas ao redor. Seguido por:
— Seu *canalha*!
A risada de resposta de Rhys foi tão alegre quanto o sol sobre a neve.
Observei as três muralhas de neve — as *barricadas* — que ladeavam o campo conforme Mor ergueu um escudo invisível contra o vento cruel. Isso fez pouco para afastar o frio, no entanto.
— Estão fazendo uma guerra de bolas de neve.
Outro aceno.
— Três guerreiros illyrianos — ressaltei. — Os *melhores* guerreiros illyrianos. Estão fazendo uma guerra de bolas de neve.
Os olhos de Mor praticamente brilharam com um prazer malicioso.
— Desde que eram crianças.
— Eles têm mais de 500 anos.

— Quer que eu diga a contagem atual de vitórias?

Olhei boquiaberta para ela. Então para o campo adiante. Para as bolas de neve que estavam, de fato, voando com precisão brutal, ágil, conforme cabeças escuras surgiam acima das muralhas que eles haviam construído.

— Sem mágica — recitou Mor —, sem asas, sem descanso.

— Estão aqui desde o meio-dia. — Eram quase três horas da tarde. Meus dentes começaram a bater.

— Sempre fiquei em casa para beber — observou ela, como se isso fosse uma resposta.

— Como sequer decidem quem *vence*?

— Quem quer que não morra congelado?

Olhei boquiaberta para ela de novo, apesar dos dentes batendo.

— Isso é ridículo.

— Tem mais álcool no chalé.

De fato, nenhum dos machos pareceu sequer reparar em nós. Não quando Azriel surgiu, atirou duas bolas de neve para o céu e sumiu atrás de sua muralha de neve outra vez.

Um momento depois, o xingamento de Rhys disparou até nós:

— *Bundão*. — Risos envolviam cada sílaba.

Mor passou o braço pelo meu de novo.

— Não acho que seu parceiro será o vencedor este ano, minha amiga.

Inclinei o corpo contra o calor dela e nós duas caminhamos com neve na altura das canelas até o chalé, onde a chaminé já soprava contra o céu azul límpido.

Realmente, uns bebês illyrianos.

# CAPÍTULO
# 19

*Feyre*

Azriel venceu.

A centésima nonagésima nona vitória, aparentemente.

Os três tinham entrado no chalé uma hora depois, pingando neve, corados e sorrindo de orelha a orelha.

Mor e eu, aconchegadas sob um cobertor no sofá, somente reviramos os olhos para eles.

Rhys deu um beijo no alto de minha cabeça e disse que os três fariam sauna no barracão forrado de cedro anexo à casa, e em seguida eles se foram.

Pisquei para Mor quando os três saíram, deixando a imagem se assentar.

— Outra tradição — explicou ela, a garrafa de álcool cor de âmbar quase vazia. E minha cabeça girando por causa disso. — Um costume illyriano, na verdade, os barracões aquecidos. Os betulíneos. Um bando de guerreiros pelados, sentados juntos no vapor, suando.

Pisquei de novo.

Os lábios de Mor se contraíram.

— Deve ser o único bom costume que os illyrianos já inventaram, para ser sincera.

Ri com deboche.

— Então os três estão simplesmente lá. Pelados. Suando.

Pela Mãe.

*Interessada em dar uma olhada?* O ronronado sombrio ecoou em minha mente.

*Eca. Volte para seu suor.*

*Tem espaço para mais um aqui.*

*Achei que parceiros fossem territorialistas.*

Eu podia sentir o sorriso de Rhys como se estivesse contra meu pescoço. *Estou sempre ansioso para saber o que atiça seu interesse, Feyre querida.*

Observei a cabine ao redor, as superfícies que eu tinha pintado havia quase um ano. *Me prometeram uma parede, Rhys.*

Uma pausa. Uma longa pausa. *Já satisfiz você contra uma parede antes.*

*Estas paredes.*

Outra pausa bem longa. *É de mau gosto ficar tão animado quando se está nos betulíneos.*

Meus lábios se curvaram conforme mandei uma imagem para ele. Uma lembrança.

De mim na mesa da cozinha a apenas poucos metros. De Rhys ajoelhado em frente. Minhas pernas enroscadas em sua cabeça.

*Que coisa mais cruel e maliciosa.*

Ouvi uma porta bater em algum lugar na casa, seguida por um grito masculino distinto. Então batidas — como se alguém estivesse tentando voltar para dentro.

Os olhos de Mor brilharam.

— Você fez com que ele fosse expulso, não fez?

Meu sorriso de resposta a fez rugir.

Além de Velaris, o sol estava mergulhando no mar distante quando Rhys, ao lado da moldura de mármore preto da lareira da sala de estar da casa da cidade, ergueu a taça de vinho.

Todos nós — em nossa maior elegância, pelo menos uma vez — erguemos as nossas a seguir.

Eu tinha escolhido usar meu vestido da Queda das Estrelas, deixando a coroa de lado, mas usando as pulseiras de diamante. Elas brilharam e reluziram em meu campo de visão conforme fiquei de pé ao lado de Rhys, sorvendo cada parte de seu lindo rosto ao ouvi-lo brindar:

— À abençoada escuridão da qual nascemos e para a qual voltamos.

Erguemos nossas taças e bebemos.

Olhei para ele — meu parceiro, na mais elegante jaqueta preta, o bordado prateado reluzindo à luz feérica. *É isso?*

Ele arqueou uma sobrancelha. *Queria que eu seguisse tagarelando ou queria começar a comemorar?*

Meus lábios se contraíram. *Você realmente mantém as coisas informais.*

*Mesmo depois de todo esse tempo, você ainda não acredita em mim.* A mão de Rhys deslizou para trás de mim e me beliscou. Mordi o lábio para evitar rir. *Espero que tenha comprado um bom presente de Solstício para mim.*

Foi minha vez de beliscá-lo, e ele riu, beijando minha têmpora uma vez antes de sair calmamente da sala para, sem dúvida, pegar mais vinho.

Além das janelas, a escuridão tinha, de fato, caído. A mais longa noite do ano.

Encontrei Elain estudando-a, linda com o vestido de cor ametista. Fiz menção de seguir até ela, mas alguém foi mais rápido.

O encantador de sombras estava vestindo uma jaqueta preta e calça semelhantes às de Rhysand — o tecido impecavelmente costurado e montado para acomodar as asas. Ainda usava os Sifões sobre cada mão, e sombras seguiam seus passos, enroscando-se como brasas espiraladas, mas havia pouco sinal do guerreiro exceto por isso. Principalmente quando ele, com gentileza, desejou um feliz Solstício a minha irmã.

Elain se virou da neve que caía na escuridão adiante e abriu um leve sorriso.

— Nunca participei de um desses.

Do outro lado da sala, com Varian ao lado, Amren, resplandecente na regalia principesca, observou:

— São extremamente supervalorizados.

Mor sorriu com ironia.

— Diz a fêmea que sai dele parecendo uma bandida todos os anos. Não sei como não é roubada voltando para casa com tanta joia enfiada nos bolsos.

Amren exibiu os dentes brancos demais.

— Cuidado, Morrigan, ou vou devolver a coisa bonitinha que comprei para você.

Mor, para minha surpresa, se calou imediatamente.

Assim como os outros, pois naquele instante Rhys voltou com...

— Não. — Cuspi a palavra.

Ele sorriu para mim por cima do imenso bolo de camadas que carregava nos braços — por cima das 21 velas acesas que iluminavam seu rosto.

Cassian me deu um tapinha no ombro.

— Achou que conseguiria passar despercebida, não é?

Resmunguei.

— Vocês são todos insuportáveis.

Elain se aproximou de mim.

— Parabéns, Feyre.

Meus amigos — minha família — ecoaram as palavras quando Rhys apoiou o bolo na mesa baixa diante da lareira. Olhei para minha irmã.

— Você...?

Um aceno positivo de Elain.

— Mas Nuala o decorou.

Foi então que percebi como as três camadas diferentes tinham sido pintadas e com o que deveriam se parecer.

No topo, flores. No meio, chamas.

E na base, na camada mais larga... estrelas.

O mesmo desenho do gaveteiro que eu um dia tinha pintado naquele chalé em ruínas. Um para cada uma de nós... cada irmã. Aquelas estrelas e luas enviadas para mim, para minha mente, por meu parceiro, muito antes de sequer nos conhecermos.

— Pedi a Nuala que fizesse nessa ordem — contou Elain enquanto os demais se reuniam. — Porque você é a base, aquela que nos ergue. Sempre foi.

Minha garganta deu um nó insuportável, e apertei a mão de minha irmã em resposta.

Mor, que o Caldeirão a abençoe, gritou:

— Faça um desejo e vamos para os presentes!

Pelo menos essa tradição era igual em ambos os lados da muralha. Encontrei o olhar de Rhys acima das velas acesas. O sorriso em seu rosto bastou para fazer o nó em minha garganta se tornar uma queimação nos olhos.

*Qual vai ser seu desejo?*

Uma pergunta simples, justa.

E ao olhar para ele, para aquele rosto lindo de sorriso tranquilo, com tantas daquelas sombras desaparecidas, com nossa família reunida ao redor, a eternidade como uma estrada adiante... eu soube.

Realmente soube qual seria meu desejo, como se fosse um pedaço do quebra-cabeça de Amren encaixado no lugar, como se os fios da tapeçaria da tecelã finalmente revelassem o desenho que deveriam fazer.

Não contei a ele, no entanto. Apenas tomei fôlego e soprei.

Bolo antes do jantar era completamente aceitável no Solstício, Rhys me informou conforme apoiamos os pratos nas superfícies mais próximas na sala de estar. Principalmente antes dos presentes.

— Que presentes? — perguntei, observando a sala desprovida deles, exceto pelas duas caixas de Lucien.

Os demais sorriram para mim quando Rhys estalou os dedos e...

— Ah...

Caixas e sacolas, tudo alegremente embrulhado e adornado, encheram as janelas recuadas.

Pilhas e montanhas e *torres* deles. Mor soltou um gritinho de prazer.

Eu me virei na direção do saguão. Tinha deixado os meus em um armário de suprimentos de limpeza no terceiro andar...

Não. Estavam ali. Embrulhados e no final do recuo da janela.

Rhys piscou um olho para mim.

— Tomei a liberdade de acrescentar seus presentes ao tesouro comunal.

Ergui as sobrancelhas.

— Todos deram os presentes a você?

— Ele é o único em quem confiamos para não olhar — explicou Mor.

Olhei na direção de Azriel.

— Até mesmo ele — disse Amren.

Azriel me deu um encolher de ombros culpado.

— Mestre espião, lembra?

— Começamos a fazer isso há dois séculos — prosseguiu Mor. — Depois que Rhys pegou Amren literalmente *sacudindo* uma caixa para descobrir o que tinha dentro dela.

Amren estalou a língua quando soltei uma risada.

— O que eles não viram foi Cassian aqui embaixo dez minutos antes *cheirando* cada caixa.

Cassian deu a ela um sorriso preguiçoso.

— Não fui eu quem foi pego.

Eu me virei para Rhys.

— E de alguma forma *você* é o mais confiável?

Ele pareceu totalmente ofendido.

— Sou um Grão-Senhor, Feyre querida. Honra irredutível está em meu sangue.

Mor e eu rimos.

Amren caminhou até a pilha mais próxima de presentes.

— Vou primeiro.

— É óbvio que vai — murmurou Varian, o que o fez ganhar um sorriso meu e outro de Mor.

Amren sorriu docemente para ele antes de se abaixar para escolher um presente. Varian teve o bom senso de estremecer apenas quando ela já tinha virado de costas.

Ela pegou um presente embalado em papel cor-de-rosa, leu a etiqueta e rasgou o embrulho.

Todos tentaram esconder o tremor, porém sem sucesso.

Eu vira animais destruírem carcaças com menos ferocidade.

Mesmo assim, Amren estava radiante ao se virar para Azriel com um par de belos brincos de pérola com diamante sacudindo das pequenas mãos.

— Obrigada, encantador de sombras — disse ela, inclinando a cabeça.

Azriel repetiu o gesto em resposta.

— Fico feliz que tenham passado pela inspeção.

Cassian acotovelou Amren para passar, o que lhe garantiu um sibilo de aviso, e começou a jogar presentes. Mor pegou o dela com facilidade, destruindo o papel com tanto entusiasmo quanto Amren. Ela sorriu para o general.

— Obrigada, querido.

Cassian deu um sorriso convencido.

— Sei do que você gosta.

Quando Mor ergueu...

Eu engasguei. Azriel também, virando-se para Cassian ao fazer isso.

O guerreiro apenas deu uma piscadela para o irmão conforme a camisola vermelha quase inexistente oscilou entre as mãos de Mor.

— Não deixe que ele engane vocês. Cassian não conseguiu pensar em uma maldita coisa para me dar, então ele desistiu e me perguntou diretamente. Dei ordens precisas. E, pela primeira vez na vida, ele as obedeceu — murmurou Mor antes que Azriel pudesse perguntar o que, sem dúvida, todos nós queríamos saber.

— O guerreiro perfeito até o fim — disse Rhys, em tom arrastado.

Cassian se recostou no sofá, esticando as longas pernas diante dele.

— Não se preocupe, Rhysinho. Tenho uma para você também.

— Quer que eu desfile com ela para você?

Soltei uma risada, surpresa ao ouvir o som ecoar do outro lado da sala. De Elain.

O presente dela... Corri até a pilha de presentes antes que Cassian pudesse jogar mais um pela sala, caçando o pacote que embrulhara cuidadosamente no dia anterior. Tinha acabado de vê-lo atrás de uma caixa maior quando ouvi. A batida.

Apenas uma vez. Rápida e forte.

Eu sabia. Sabia, antes que Rhys sequer olhasse em minha direção, quem estava de pé à porta.

Todos sabiam.

O silêncio recaiu, interrompido apenas pelo fogo crepitante.

Um segundo, e eu já estava me movendo, com o vestido farfalhando ao redor do corpo conforme atravessava o saguão. Em seguida, escancarei a porta de vidro gradeada com ferro e depois abri a de carvalho, então me preparei para o ataque do frio.

Para o ataque de Nestha.

# Capítulo 20

*Feyre*

Havia neve agarrada aos cabelos de Nestha enquanto nos encarávamos através da ombreira da porta.

Suas bochechas estavam coradas por causa da noite gélida, mas o rosto permanecia solene. Frio como os paralelepípedos cobertos de neve.

Abri a porta um pouco mais.

— Estamos na sala de estar.

— Eu vi.

A conversa, hesitante e vacilante, chegava ao saguão. Sem dúvida uma nobre tentativa de todos de nos dar alguma privacidade e senso de normalidade.

Estendi a mão na direção de Nestha, que continuava à porta.

— Aqui... me deixe guardar seu casaco.

Tentei não prender o fôlego quando ela olhou para além de mim, para a casa. Como se sopesando se daria aquele passo além da soleira da porta.

Pelo canto do olho, vi algo roxo e dourado lampejar. Elain.

— Vai ficar doente se continuar de pé aí no frio — disse ela, sorrindo largamente, mas como se estivesse repreendendo Nestha. — Venha se sentar comigo ao lado da lareira.

Os olhos azul-acinzentados de Nestha se voltaram para os meus. Cautelosos. Avaliando.

Continuei onde estava. Mantive aquela porta aberta.

Sem uma palavra, minha irmã atravessou a porta.

Em questão de segundos, ela tirou o casaco, a echarpe e as luvas, revelando um daqueles vestidos simples, porém elegantes, que eram seus preferidos. Nestha escolhera um cinza-escuro. Sem joias. Certamente sem presentes. Mas pelo menos viera.

Elain cruzou o braço com o de nossa irmã para levá-la até a sala, e eu segui, observando o grupo além delas quando as duas pararam.

Observando Cassian, principalmente, que estava de pé com Az diante da lareira.

Era o retrato da tranquilidade, com um braço apoiado na moldura entalhada, as asas fechadas relaxadamente, um leve sorriso e uma taça de vinho na mão. Ele voltou os olhos cor de avelã para minha irmã sem se mover um centímetro.

Elain estava com um sorriso estampado no rosto enquanto levava Nestha não para a lareira, como prometera, mas para o armário de bebidas.

— Não a leve para o vinho, leve-a para a comida — gritou Amren para Elain do assento no braço da poltrona, enquanto enfiava os brincos de pérola que Az lhe dera nos lóbulos das orelhas. — Consigo ver essa bunda ossuda até mesmo através desse vestido.

Nestha parou no meio da sala, ereta. Cassian ficou imóvel como a morte.

Elain parou ao lado de nossa irmã, e aquele sorriso estampado hesitou.

Amren apenas deu um risinho para Nestha.

— Feliz Solstício, menina.

Nestha a encarou, até que o fantasma de um sorriso curvou seus lábios.

— Belos brincos.

Eu senti, mais do que vi, a sala relaxar levemente.

— Acabamos de começar a abrir os presentes — disse Elain, alegremente.

E apenas quando ela disse essas palavras, me ocorreu que nenhum dos presentes na sala tinha o nome de Nestha.

— Ainda não comemos — ofereci, demorando-me no portal entre a sala de estar e o saguão. — Mas se estiver com fome, podemos fazer um prato...

Nestha aceitou a taça de vinho que Elain colocou em sua mão. Mas não pude deixar de notar que em seguida Elain se virou de novo para o armário de bebidas, se serviu de um dedo de licor cor de âmbar e o entornou com uma careta antes de encarar nossa irmã outra vez.

Uma risada baixa saiu de Amren, que não perdia nada.

A atenção de Nestha, no entanto, tinha passado para o bolo de aniversário ainda sobre a mesa, com as diversas camadas cortadas inúmeras vezes.

Os olhos dela se ergueram para os meus no silêncio.

— Feliz aniversário.

Ofereci um aceno de agradecimento.

— Elain fez o bolo — expliquei, um pouco inutilmente.

Nestha apenas assentiu antes de seguir para uma cadeira perto dos fundos da sala, ao lado de uma das estantes de livros.

— Podem voltar para seus presentes — disse ela ao se sentar, com a voz baixa, mas sem hesitar.

Elain se apressou até uma caixa perto da frente da pilha.

— Este é para você — disse ela à nossa irmã.

Lancei um olhar de súplica a Rhys. *Por favor, comece a falar de novo. Por favor.*

Parte da luz tinha sumido de seus olhos violeta enquanto Rhys estudava Nestha, que bebia do copo que lhe fora servido. Ele não respondeu pelo laço, mas se virou para Varian:

— Tarquin dá uma festa formal para o Solstício de Verão ou faz uma reunião mais casual?

O príncipe de Adriata não perdeu um segundo e se lançou em uma descrição, talvez desnecessária, das comemorações da Corte Estival. Eu o agradeceria por aquilo depois.

Elain tinha alcançado Nestha àquela altura, oferecendo a ela o que parecia ser uma pesada caixa embrulhada em papel.

Perto das janelas, Mor se colocou em movimento, entregando a Azriel o presente dele.

Dividida entre observar as duas cenas, permaneci à porta.

A compostura de Azriel nem mesmo vacilou quando ele abriu o presente: um conjunto de toalhas azuis bordadas com as iniciais dele. Em um tom intenso de azul.

Precisei virar o rosto para evitar rir. Az, para crédito dele, deu a Mor um sorriso de agradecimento, e um rubor subiu pelas bochechas do mestre espião conforme os olhos cor de avelã se fixaram na Grã-Feérica. Virei o rosto diante do calor, do desejo que tomou conta daqueles olhos.

Mas Mor o dispensou com um gesto e seguiu para dar a Cassian o presente dele; o guerreiro, no entanto, não se moveu. Nem moveu os olhos de Nestha conforme ela abriu o embrulho marrom e revelou um conjunto de cinco livros em uma caixa de couro. Minha irmã leu os títulos, então ergueu a cabeça para Elain, que sorriu para ela.

— Fui até aquela livraria. Sabe aquela ao lado do teatro? Pedi recomendações a eles, e a mulher... quer dizer, a fêmea... Ela disse que os livros desse autor eram seus preferidos.

Eu me aproximei o suficiente para ler um dos títulos. Algo romântico, ao que parecia.

Nestha pegou um dos livros e folheou as páginas.

— Obrigada.

As palavras soaram rígidas, sombrias.

Cassian, por fim, se virou para Mor, rasgando o embrulho do presente dela sem apreço pela bela embalagem. Ele riu para o que estava dentro da caixa.

— O que eu sempre quis. — Ele ergueu o que parecia ser um calção de seda vermelha. O conjunto perfeito para a camisola.

Com Nestha propositalmente ocupada ao folhear os novos livros, segui para os presentes que tinha embrulhado no dia anterior.

Para Amren, uma pasta dobrável especialmente projetada para seus quebra-cabeças. Para não precisar deixá-los no apartamento caso fosse visitar terras mais ensolaradas e quentes. Isso me garantiu tanto um revirar de olhos quanto um sorriso de agradecimento. O broche de rubi e prata, com o formato de um par de asas cheias de penas, me garantiu um raro beijo na bochecha.

Para Elain, um manto azul-claro com buracos para os braços, perfeito para jardinagem nos meses mais frios.

E para Cassian, Azriel e Mor...

Grunhi ao puxar até eles as três pinturas embrulhadas. Então esperei em um silêncio inquieto enquanto abriam as embalagens.

Enquanto observavam o que havia dentro e sorriam.

Eu não fazia ideia do que dar a eles, exceto aquilo. As peças em que trabalhara recentemente — lampejos de suas histórias.

Nenhum dos três explicou o que as pinturas significavam, o que eles seguravam. Mas cada um me deu um beijo na bochecha em agradecimento.

Antes que eu pudesse dar a Rhys o seu presente, encontrei uma pilha deles em meu colo.

De Amren, recebi um manuscrito em iluminura, antigo e lindo. De Azriel, tintas raras e vibrantes do continente. De Cassian, uma bainha de couro decente para uma espada, ideal para ser colocada na depressão de minha coluna como uma verdadeira guerreira illyriana. De Elain, elegantes pincéis gravados com minhas iniciais e a insígnia da Corte Noturna nos cabos. E de Mor, um par de chinelos com forro de lã. Chinelos forrados de lã em um tom de cor-de-rosa bem forte.

Nada de Nestha, mas eu não me importava. Nem um pouco.

Os demais passaram o restante dos presentes, e eu finalmente encontrei um momento para puxar a última pintura para Rhys. Ele estava parado à janela recuada, calado e sorridente. No ano anterior tivera seu primeiro Solstício desde Amarantha — este ano, o segundo. Eu não queria saber como fora, o que ela fizera com ele durante aqueles 49 Solstícios que Rhys perdera.

Ele abriu meu presente cuidadosamente, erguendo a pintura de forma que os demais não a vissem.

Observei os olhos dele percorrerem o que estava ali. Observei quando engoliu em seco.

— Diga que esse não é seu novo bicho de estimação — falou Cassian, tendo se esgueirado para trás de mim para olhar.

Eu o empurrei para longe.

— Enxerido.

O rosto de Rhys permaneceu sério; os olhos brilharam como estrelas ao encontrarem os meus.

— Obrigado.

Os demais prosseguiram, com vozes um pouco mais altas. Para nos dar privacidade naquela sala lotada.

— Não faço ideia de onde pode pendurar — falei —, mas queria que você o tivesse.

Que o visse.

Pois naquela pintura, eu tinha mostrado a ele o que não revelara a ninguém. O que o Uróboro tinha revelado para mim: a criatura dentro de mim, a criatura cheia de ódio, e arrependimento, e amor, e sacrifício; a criatura que podia ser cruel e corajosa, triste e alegre.

Dei a ele *eu mesma* — como ninguém além de Rhys me veria. Ninguém além de Rhys poderia jamais entender.

— É lindo — disse ele, com a voz ainda rouca.

Pisquei para afastar as lágrimas que ameaçaram descer àquelas palavras e me aproximei quando Rhys depositou um beijo em minha boca. *Você é linda*, sussurrou ele pelo laço.

*Você também.*

*Eu sei.*

Ri, me afastando.

*Canalha.*

Havia apenas poucos presentes restantes — os de Lucien. Abri o meu e encontrei um presente para mim e para meu parceiro; três garrafas de uma bebida requintada. *Vão precisar disso*, era tudo o que dizia o bilhete.

Entreguei a Elain a pequena caixa com o nome dela, e seu sorriso se esvaiu quando a abriu.

— Luvas encantadas — leu minha irmã no cartão. — Que não vão rasgar ou ficar suadas demais durante a jardinagem. — Elain afastou a caixa sem olhar por mais do que um momento. E me perguntei se ela *preferia* ter mãos arranhadas e suadas, como se a terra e os cortes fossem prova de seu trabalho. De sua alegria.

Amren deu um gritinho — um *gritinho* de verdade — de prazer ao ver o presente de Rhys. As joias reluzindo dentro das múltiplas caixas. Mas seu prazer se tornou mais silencioso, mais carinhoso, quando abriu o presente de Varian. Não mostrou a nenhum de nós o que havia dentro da pequena caixa antes de oferecer a ele um sorriso leve e íntimo.

Restara uma minúscula caixa na mesa perto da janela — uma caixa que Mor pegou, semicerrou os olhos para a etiqueta e disse:

— Az, este é para você.

As sobrancelhas do encantador de sombras se ergueram, mas a mão coberta de cicatrizes se estendeu para pegar o presente.

Elain se virou de onde estava conversando com Nestha.

— Ah, esse é meu.

O rosto de Azriel sequer estremeceu diante das palavras. Nem mesmo um sorriso quando ele abriu o presente e revelou...

— Pedi que Madja o fizesse — explicou Elain. As sobrancelhas de Azriel se semicerraram à menção da curandeira preferida da família. — É um pó para ser misturado a qualquer bebida.

Silêncio.

Minha irmã mordeu o lábio, então deu um sorriso tímido.

— É para as dores de cabeça que todos sempre causam em você. Já que esfrega as têmporas com tanta frequência.

Silêncio de novo.

Então Azriel inclinou a cabeça para trás e *gargalhou.*

Eu jamais tinha ouvido tal som, profundo e alegre. Cassian e Rhys se juntaram a ele. Tomando o recipiente de vidro da mão do irmão, Cassian a examinou e disse:

— Brilhante.

Elain sorriu de novo, abaixando a cabeça.

— Obrigado. — Azriel se conteve o bastante para dizer. Eu jamais vira seus olhos cor de avelã tão brilhantes, os tons de verde em meio ao marrom e cinza como veios de esmeralda. — Isso será inestimável.

— Canalha — comentou Cassian, mas gargalhou de novo.

Nestha observava, cautelosa, de sua cadeira, com o presente de Elain — seu único presente — ainda no colo. A coluna dela se enrijeceu levemente. Não diante das palavras, mas diante de Elain, rindo com eles. Conosco.

Como se Nestha estivesse nos vendo de algum tipo de janela. Como se ainda estivesse de pé no pátio, nos observando dentro da casa.

Eu me obriguei a sorrir, no entanto. A rir com eles.

E tinha a sensação de que Cassian estava fazendo o mesmo.

A noite foi um borrão de risadas e bebedeira, mesmo com Nestha sentada quase em silêncio à mesa de jantar lotada.

Somente quando o relógio bateu duas horas os bocejos começaram a surgir. Amren e Varian foram os primeiros a ir embora, com o príncipe levando todos os presentes nos braços e Amren aninhada no elegante casaco de arminho que ganhara dele — um segundo presente a qualquer que fosse aquele que Varian pusera na pequena caixa.

Acomodada de novo na sala de estar, Nestha se levantou meia hora depois e silenciosamente deu boa noite a Elain, beijando-a no alto dos cabelos e caminhando em seguida até a porta.

Cassian, aninhado com Mor, Rhys e Azriel no sofá, sequer se moveu.

Mas eu me movi, me levantei da poltrona e segui até onde ela estava vestindo o casaco à porta. Esperei até que tivesse entrado na antecâmara para estender a mão.

— Aqui.

Nestha deu meia-volta, disparando o olhar para o que estava em minha mão. O pequeno pedaço de papel.

A nota bancária para o aluguel dela. E um pouco mais.

— Como prometido — eu disse.

Por um momento, torci para que ela não a pegasse. Para que me dissesse para rasgá-la.

Mas os lábios de Nestha apenas se contraíram, e os dedos não hesitaram ao pegar o dinheiro.

Ao dar as costas para mim e passar pela porta de entrada, seguindo para a escuridão congelante do lado de fora.

Permaneci na antecâmara fria, com a mão ainda estendida, a secura fantasma daquele cheque ainda em meus dedos.

As tábuas do piso soaram atrás de mim, então fui empurrada para o lado, cuidadosa, porém forçosamente. Aconteceu tão rápido que mal tive tempo de perceber que Cassian tinha passado em disparada, direto pela porta da entrada.

Até minha irmã.

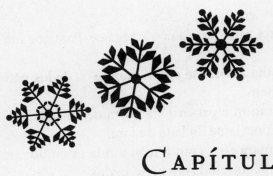

# Capítulo 21

*Cassian*

Para ele, bastava.

Bastava da frieza, da severidade. Bastava da rigidez e do olhar cortante como uma navalha que só se afiara nos últimos meses.

Cassian mal conseguia ouvir acima do rugido em sua cabeça conforme avançava para a noite nevada. Mal conseguia registrar que empurrara de lado sua Grã-Senhora para chegar à porta da frente. Para chegar até Nestha.

Ela já estava no portão, caminhando com graciosidade determinada apesar do chão coberto de gelo. Com a coleção de livros presa sob seu braço.

Somente quando a alcançou, Cassian percebeu que não tinha nada a dizer. Nada a dizer que não fosse fazê-la rir diante dele.

— Caminharei com você até sua casa — foi tudo o que saiu.

Nestha parou logo além do portão de ferro baixo, com o rosto frio e pálido como o luar.

Linda. Mesmo com a perda de peso, estava tão linda de pé na neve quanto estivera da primeira vez em que Cassian pusera os olhos nela, ainda na casa do pai.

E infinitamente mais letal. De tantas formas.

Ela o observou de cima a baixo.

— Estou bem.

— É uma longa caminhada e está tarde.

*E você não disse uma maldita palavra para mim a noite inteira.*

Não que ele tivesse dito uma palavra para ela.

Nestha explicitara naqueles primeiros dias depois da última batalha que não queria nada com ele. Com nenhum deles.

Cassian entendia. Entendia mesmo. Ele levara meses — *anos* — depois das primeiras batalhas para se ajustar novamente. Para lidar com tudo. Pelo inferno, ainda estava se recuperando do que acontecera naquela última batalha contra Hybern também.

Nestha se manteve firme, orgulhosa como qualquer illyriano. Mais cruel também.

— Volte para a casa.

Cassian deu a ela um sorriso torto, um que ele sabia que fazia aquele temperamento ferver.

— Acho que preciso de ar fresco, de toda maneira.

Nestha revirou os olhos e se lançou em uma caminhada. Cassian não era burro o bastante para se oferecer para carregar os livros dela.

Em vez disso, ele acompanhou com tranquilidade o ritmo da fêmea, de olho em trechos traiçoeiros de gelo nos paralelepípedos. Os dois mal haviam sobrevivido a Hybern. Tudo que ele não precisava era que ela quebrasse o pescoço na rua.

Nestha percorreu um quarteirão, passando pelas casas de telhado verde ainda alegres e cheias de música e risadas, então parou. E se virou para ele.

— Volte para a casa.

— Eu vou — respondeu Cassian, abrindo mais um sorriso. — Depois de deixar você na porta de casa.

Naquela penúria de apartamento em que ela insistia em viver. Do outro lado da cidade.

Os olhos de Nestha — iguais aos de Feyre, mas completamente diferentes, afiados e frios como aço — se voltaram para as mãos do guerreiro. Para o que estava ali.

— O que é isso?
Outro sorriso à medida que ele erguia o pequeno embrulho.
— Seu presente de Solstício.
— Não quero nada.
Cassian continuou andando, passando por ela e jogando o presente entre suas mãos.
— Vai querer isto.
Ele torcia para que quisesse mesmo, pois levara meses para encontrá-lo.
Cassian não quisera dar o presente na frente dos outros. Nem mesmo soubera que ela iria naquela noite. Estivera bastante ciente da insistência de Elain e Feyre. Assim como ficara ciente do dinheiro que vira Feyre dar a Nestha momentos antes de ela partir.
*Como prometido*, tinha dito sua Grã-Senhora.
Ele queria que ela não tivesse feito aquilo. Queria muitas coisas.
Nestha passou a caminhar ao lado de Cassian, bufando ao acompanhar as longas passadas.
— Não quero *nada* de você.
Ele se obrigou a arquear uma sobrancelha.
— Tem certeza disso, querida?
*Não tenho arrependimentos na vida, exceto este. Que não tivemos tempo.*
Cassian afastou as palavras. Afastou a imagem que o assombrava ao sair de seus sonhos, noite após noite: não era Nestha segurando a cabeça do rei de Hybern como um troféu; não era a forma como o pescoço do pai dela tinha sido torcido nas mãos de Hybern. Mas a imagem de Nestha debruçada sobre ele, *cobrindo* o corpo dele com o próprio, pronta para tomar a força total do poder do rei por ele. Para morrer por ele, com ele. Aquele corpo esguio e lindo, arqueado sobre o dele, tremendo de terror, disposto a enfrentar aquele fim.
Cassian não via um lampejo daquela pessoa havia meses. Não a vira sorrir ou gargalhar.
Sabia sobre a bebedeira, sobre os machos. Dissera a si mesmo que não se importava.

Dissera a si mesmo que não queria saber quem era o desgraçado que tomara a virgindade dela. Dissera a si mesmo que não queria saber se os machos significavam alguma coisa — se *ele* significava alguma coisa.

Ele não sabia por que raios se importava. Por que tinha se incomodado. Mesmo no início. Mesmo depois de Nestha ter lhe dado uma joelhada no saco, naquela tarde na casa do pai dela. Mesmo conforme ela disse:

— Já expliquei bem o que quero de *você*.

Cassian jamais conhecera alguém capaz de deixar tanto implícito em tão poucas palavras, em colocar tanta ênfase em *você*, de forma a tornar aquilo um insulto tão descarado.

Ele trincou o maxilar.

— Estou cansado de jogar esses jogos de bosta — disse ele, sem se incomodar em se conter.

Nestha manteve o queixo erguido, o retrato da arrogância majestosa.

— Eu não.

— Bem, todos estão. Talvez você possa encontrar uma forma de tentar com mais afinco este ano.

Aqueles olhos intensos deslizaram para ele, e foi difícil manter-se firme.

— Tentar?

— Sei que é uma palavra desconhecida para você.

Nestha parou no fim da rua, bem ao longo do Sidra congelado.

— Por que eu deveria *tentar* fazer alguma coisa? — Ela exibiu os dentes. — Fui arrastada para esse seu mundo, para esta corte.

— Então vá para outro lugar.

A boca dela formou uma linha tensa diante do desafio.

— Talvez eu vá.

Mas ele sabia que não havia outro lugar para ela ir. Não quando Nestha não tinha nenhum dinheiro nem família além daquele território.

— Não se esqueça de escrever.

Nestha se lançou em uma caminhada de novo, mantendo-se na beira do rio.

Cassian seguiu, odiando-se por isso.

— Poderia ao menos vir morar na Casa — recomeçou ele, fazendo-a virar novamente.

— *Pare* — grunhiu a fêmea.

Cassian parou onde estava, abrindo as asas levemente para se equilibrar.

— *Pare* de me seguir. *Pare* de tentar me puxar para seu pequeno círculo feliz. *Pare de fazer tudo isso*.

Ele reconhecia um animal ferido quando via um. Sabia dos dentes que poderia exibir, da violência que mostrava. Contudo, isso não poderia impedi-lo de abrir a boca.

— Suas irmãs amam você. Não consigo, de jeito algum, entender por que, mas amam. Se não pode se incomodar em tentar pelo bem de meu pequeno círculo feliz, então pelo menos tente por elas.

Um vazio pareceu penetrar aqueles olhos. Um vazio infinito, profundo.

— Vá para casa, Cassian — repetiu ela.

Ele podia contar em uma das mãos o número de vezes em que ela usara seu nome. Em que o chamara de outra coisa que não fosse *você* ou *aquele ali*.

Nestha se virou. Seguiu na direção do apartamento, para aquela sua parte imunda da cidade.

Foi instintivo avançar para a mão livre da fêmea.

Os dedos enluvados de Nestha roçaram contra os calos dele, mas Cassian segurou firme.

— Fale comigo. Nestha. Diga...

Ela desvencilhou a mão de seu toque. E o encarou de cima a baixo. Uma rainha poderosa e vingativa.

Cassian esperou, ofegante, que o ataque verbal começasse. Que ela o dilacerasse.

Mas Nestha apenas o encarou, franzindo o nariz. Ela o encarou, então riu com escárnio e saiu andando.

Como se ele não fosse nada. Como se não valesse o tempo dela. O esforço.

Um bastardo illyriano sem título.

Dessa vez, quando ela prosseguiu, Cassian não foi atrás.

Ele a observou até que virasse uma sombra contra a escuridão. E então Nestha sumiu de vez.

Ele continuou olhando, com aquele presente nas mãos.

A ponta dos dedos de Cassian se enterrou na madeira macia da caixinha.

Ele se sentiu grato pelas ruas vazias quando atirou a embalagem no Sidra. Atirou com tanta força que o som da água ecoou pelos prédios que ladeavam o rio, e o gelo estalou com o impacto.

O gelo imediatamente se formou de novo no buraco que Cassian havia aberto. Como se ele, assim como o presente, jamais tivesse existido.

## *Nestha*

Nestha selou a quarta e última tranca da porta do apartamento e desabou contra a madeira podre e barulhenta.

O silêncio se instalou ao seu redor, bem-vindo e sufocante.

Silêncio, para apaziguar o tremor que a perseguira por aquela cidade.

Ele a tinha seguido.

Nestha sabia bem no fundo dos ossos, no sangue. Ele permanecera no alto, no céu, mas a seguira até que ela entrasse no prédio.

Ela sabia que Cassian estava neste instante esperando em um telhado próximo para ver a luz do apartamento se acender.

Instintos gêmeos travavam uma guerra dentro de Nestha: deixar a luz feérica intocada e fazer com que ele esperasse no escuro congelante, ou acender aquela esfera e simplesmente se livrar da presença do guerreiro. Livrar-se de tudo que ele era.

Ela escolheu a segunda opção.

No silêncio escuro e denso, Nestha se deteve à mesa contra a parede próxima à porta de entrada. Então deslizou a mão para o bolso e tirou a nota bancária dobrada.

O bastante para três meses de aluguel.

Ela tentou reunir sua vergonha, mas não teve sucesso. Nada veio. Nada mesmo.

Havia raiva de vez em quando. Tão afiada e quente que a cortava. Mas na maioria das vezes havia silêncio.

Um silêncio ressoante e abafado.

Ela não sentia nada havia meses. Tinha dias em que não sabia muito bem onde estava ou o que tinha feito. Eles passavam rapidamente, porém se estendiam.

Assim como os meses. Ela piscara, e o inverno tinha caído. Piscara, e seu corpo tinha se tornado magro demais. Tão oco quanto ela se sentia.

O frio gélido da noite entrou pelas persianas desgastadas, arrancando outro tremor dela. Mas Nestha não acendeu o fogo na lareira do outro lado do cômodo.

Ela mal conseguia suportar ouvir o ranger e o estalar da madeira. Mal conseguira suportá-lo na casa da cidade de Feyre. *Claque, crunch*.

Como ninguém jamais reparava que soava igual a ossos se quebrando, igual a um pescoço se partindo, ela não fazia ideia.

Não acendera sequer uma fogueira naquele apartamento. Mantivera-se aquecida com cobertores e camadas de roupa.

Asas farfalharam, então ressoaram do lado de fora do apartamento.

Nestha soltou um suspiro trêmulo e deslizou contra a parede até ficar sentada.

Até puxar os joelhos contra o peito e encarar a escuridão.

Ainda assim o silêncio se revoltava e ecoava em volta dela.

Ainda assim ela não sentia nada.

# Capítulo 22

*Feyre*

Eram 3 horas da manhã quando os outros foram se deitar. Quando Cassian voltou, calado e emburrado, e entornou um copo de bebida antes de sair batendo os pés para o andar de cima. Mor o seguiu, com preocupação estampada nos olhos.

Azriel e Elain permaneceram na sala de estar. Minha irmã mostrou a ele os planos que esboçara para expandir o jardim nos fundos da casa da cidade, usando as sementes e as ferramentas que minha família dera a ela pelo Solstício. Se Azriel se importava com tais coisas, eu não fazia ideia, mas lancei a ele uma oração silenciosa de agradecimento por aquela bondade antes de Rhys e eu subirmos de fininho.

Estendi a mão para tirar as pulseiras de diamante, mas Rhys me impediu, segurando meus pulsos.

— Ainda não — disse ele, baixinho.

Minhas sobrancelhas se franziram.

Rhys apenas sorriu.

— Espere.

Escuridão e vento sopraram e me agarrei a ele conforme atravessamos. Luz de velas e uma lareira crepitante e cores...

— O chalé? — Rhys devia ter alterado as proteções para nos permitir atravessar diretamente para dentro.

Ele sorriu, me soltando e caminhando presunçosamente até o sofá diante da lareira, onde se sentou com as asas arrastando no chão.

— Por um pouco de paz e silêncio, parceira.

Uma promessa misteriosa e sensual pairava naqueles olhos salpicados de estrelas.

Mordi o lábio ao me aproximar do braço cilíndrico do sofá e me sentar ali, com o vestido reluzindo como um rio à luz da lareira.

— Você está linda esta noite. — As palavras soaram baixas, roucas.

Acariciei o colo do vestido, e o tecido reluziu sob meus dedos.

— Você diz isso todas as noites.

— E sou sincero.

Corei.

— Pilantra.

Ele inclinou a cabeça.

— Sei que Grã-Senhoras provavelmente deveriam usar um novo vestido a cada dia — ponderei, sorrindo para o meu —, mas estou bastante apegada a este.

Ele passou a mão por minha coxa.

— Fico feliz.

— Você jamais me disse onde o comprou, onde comprou todos os meus vestidos preferidos.

Rhys arqueou uma sobrancelha escura.

— Você nunca descobriu?

Balancei a cabeça.

Por um momento, meu parceiro não disse nada, apenas abaixou a cabeça para estudar o vestido.

— Minha mãe os fez.

Fiquei imóvel.

Rhys deu um sorriso triste para o tecido reluzente.

— Ela era costureira, lá no acampamento onde foi criada. Não fazia o trabalho somente porque recebia ordens. Fazia porque amava costurar. E quando se tornou parceira de meu pai, ela continuou.

Passei a mão respeitosamente pela manga.

— Eu... eu não fazia ideia.

Os olhos de Rhys estavam luminosos como estrelas.

— Há muito tempo, quando eu ainda era um menino, ela os fez... todos os seus vestidos. Um enxoval para minha futura noiva. — Ele engoliu em seco. — Cada peça... Cada peça que já lhe dei para vestir, ela que fez. Para você.

— Por que não me contou? — Meus olhos arderam quando sussurrei.

Ele encolheu um dos ombros.

— Achei que se sentiria... perturbada por usar vestidos feitos por uma fêmea que morreu há séculos.

Levei a mão ao coração.

— Me sinto honrada, Rhys. Sem palavras.

A boca dele tremeu um pouco.

— Ela teria amado você.

Era um presente tão bom quanto os outros que eu tinha recebido. Eu me inclinei até nossas testas se tocarem. *Eu a teria amado.*

Senti a gratidão de meu parceiro sem que Rhys dissesse uma palavra conforme permanecemos ali, inspirando um ao outro por longos minutos.

Quando pude finalmente falar de novo, me afastei.

— Andei pensando.

— Devo me preocupar?

Bati nas botas dele, e Rhys gargalhou, de forma profunda e rouca, o som se enroscando em meu centro.

Então mostrei a ele minhas palmas, o olho nas duas.

— Quero alterar isso.

— Ah?

— Como você não está mais usando isso para me bisbilhotar, imaginei que pudesse virar outra coisa.

Ele apoiou a mão no peito largo.

— Eu jamais bisbilhoto.

— Você é o maior bisbilhoteiro que já conheci.

Outra risada.

— E o que exatamente quer nas suas palmas?

Sorri para as pinturas que eu tinha feito expostas nas paredes, na lareira, nas mesas. Pensei na tapeçaria que tinha comprado.

— Quero uma montanha... com três estrelas. — A insígnia da Corte Noturna. — A mesma que você tem nos joelhos.

Rhys ficou calado por um longo tempo, com o rosto indecifrável. Quando falou, sua voz soou grave.

— Essas são marcas que jamais podem ser alteradas.

— Que bom que planejo ficar aqui por um tempo, então.

Ele se ergueu devagar no sofá e desabotoou a gola da jaqueta preta justa.

— Tem certeza?

Assenti lentamente.

Ele se levantou para ficar de pé diante de mim, pegando minhas mãos carinhosamente e virando as palmas para cima. Para o olho de gato que nos encarava.

— Eu nunca bisbilhotei, sabe.

— Bisbilhotou, sim.

— Tudo bem, bisbilhotei. Consegue me perdoar?

Ele estava falando sério — a preocupação de que eu considerasse as espiadelas uma violação. Fiquei na ponta dos pés e o beijei de leve.

— Acho que consigo encontrar uma maneira de perdoar você.

— Hmmm. — Rhys roçou o polegar sobre o olho tatuado na palma de minhas mãos. — Alguma última palavra antes de ser marcada para sempre?

Meu coração acelerou, mas falei:

— Tenho um último presente de Solstício para você.

Ele ficou imóvel diante de minha voz suave, do tremor nela.

— Ah, é?

Nossas mãos se uniram, e eu acariciei as paredes de adamantino da mente de Rhys. As barreiras imediatamente caíram, me deixando entrar. Permitindo que eu mostrasse a ele aquele último presente.

O que eu esperava que ele considerasse um presente também.

As mãos de Rhys começaram a tremer em torno das minhas, mas ele não disse nada até que eu tivesse recuado de sua mente. Até estarmos encarando um ao outro em silêncio de novo.

A respiração de meu parceiro ficou irregular, os olhos cheios de lágrimas.

— Tem certeza? — repetiu Rhys.

Sim. Mais do que qualquer coisa. Eu tinha percebido isso, sentido isso, na galeria da tecelã.

— Seria... Seria um presente para você? — ousei perguntar.

Os dedos de Rhys se fecharam em torno dos meus.

— Inestimável.

Como se em resposta, uma luz se acendeu e chiou por minhas palmas, então olhei para baixo e vi minhas mãos alteradas. A montanha e três estrelas agraciavam o centro de cada palma.

Rhys ainda me encarava, com a respiração irregular.

— Podemos esperar — disse ele, baixinho, como se tivesse medo de que a neve caindo lá fora ouvisse nossas palavras sussurradas.

— Não quero — falei, sendo sincera. A tecelã fizera com que eu percebesse isso também. Ou talvez apenas que eu visse com nitidez o que secretamente queria já fazia algum tempo.

— Pode levar anos — murmurou ele.

— Sei ser paciente. — Rhys ergueu uma sobrancelha para isso, então sorri, corrigindo: — Posso *tentar* ser paciente.

O sorriso de resposta de meu parceiro me deixou ainda mais sorridente.

Rhys se aproximou, dando um leve beijo em meu pescoço, logo abaixo de minha orelha.

— Devemos começar esta noite, parceira?

Meus dedos dos pés se encolheram.

— Era esse o plano.

— Hmm. Sabe qual era meu plano? — Outro beijo, esse na depressão de meu pescoço conforme as mãos de Rhys deslizaram por minhas costas e começaram a abrir os botões ocultos do vestido. Aquele vestido lindo e precioso. Arqueei o pescoço para lhe dar mais acesso, e ele avançou, com a língua acariciando o lugar que acabara de beijar.

— Meu plano — prosseguiu ele, e o vestido deslizou de mim, amontoando-se no tapete — envolvia este chalé e uma parede.

Meus olhos se abriram no momento em que as mãos dele começaram a traçar longas linhas por minhas costas nuas. Mais baixo.

Encontrei Rhys sorrindo para mim, com as pálpebras pesadas enquanto avaliava meu corpo nu. Nu, exceto pelas pulseiras de diamante. Fiz menção de removê-las, mas ele murmurou para deixá-las.

Meu estômago deu um nó por antecipação, meus seios se tornaram dolorosamente pesados.

Desabotoei o resto da jaqueta de Rhys com os dedos trêmulos, e a tirei junto com a camisa. E a calça.

Então ele estava de pé, nu, diante de mim, com as asas levemente abertas, o peito musculoso inchando e me mostrando a prova definitiva do quanto estava pronto.

— Quer começar na parede, ou terminar ali? — As palavras soaram guturais, quase irreconhecíveis, e o brilho nos olhos dele se tornaram algo predatório. Rhys deslizou a mão pela frente de meu torso com uma possessão incandescente. — Ou vai ser na parede o tempo todo?

Meus joelhos cederam, e me vi sem palavras. Sem nada além dele.

Rhys não esperou minha resposta antes de se ajoelhar diante de mim, as asas esparramadas sobre o tapete. Antes de dar um beijo em minha barriga, como se com reverência e bênção. Então deu um beijo mais embaixo.

Mais embaixo.

Minha mão deslizou pelos cabelos de meu parceiro no momento em que ele segurou uma de minhas coxas e levantou minha perna por cima de seu ombro. No momento em que me vi, de alguma forma, encostada na parede perto da porta, como se ele tivesse atravessado conosco. Minha cabeça atingiu a madeira com um leve estampido conforme Rhys aproximou a boca de mim.

Ele se demorou.

Lambeu e acariciou até eu me desfazer, então riu contra mim, de forma misteriosa e exuberante, antes de ficar de pé.

Antes de me elevar, com as pernas envoltas em sua cintura, e me prender contra aquela parede.

Com um dos braços apoiado na parede, o outro me segurando no alto, Rhys encontrou meus olhos.

— Como será, parceira?

Eu podia ter jurado que galáxias giravam em seu olhar. Nas sombras entre suas asas, as profundezas gloriosas da noite habitavam.

— Forte o suficiente para derrubar os quadros — lembrei a ele, sem fôlego.

Rhys riu de novo, grave e maliciosamente.

— Segure firme, então.

Que a Mãe e o Caldeirão me salvassem.

Minhas mãos deslizaram para os ombros de Rhys, enterrando-se no músculo duro.

Mas ele lentamente, *tão lentamente*, se impulsionou para dentro de mim.

Então senti cada centímetro de meu parceiro, cada lugar em que estávamos unidos. Inclinei a cabeça para trás de novo, e um gemido escapuliu de mim.

— Todas as vezes — disse ele, entre os dentes. — Todas as vezes você está *deliciosa*.

Trinquei os dentes, ofegando pelo nariz. Ele entrou devagar, impulsionando com movimentos curtos, deixando que eu me ajustasse a cada um de seus espessos centímetros.

E quando estava finalmente acomodado dentro de mim, quando sua mão se apertou em meu quadril, Rhys apenas... parou.

Movi o quadril, desesperada por qualquer fricção. Ele se moveu comigo, negando.

Rhys me lambeu até chegar ao pescoço.

— Penso em você, penso nisso, a cada maldita hora — ronronou ele contra minha pele. — No seu gosto.

Outro leve recuo — então um mergulho. Ofeguei e ofeguei, inclinando a cabeça contra a parede dura atrás de mim.

Rhys soltou um som de aprovação e recuou levemente. Então mergulhou de novo. Com força.

Um chacoalhar baixo soou na parede à esquerda.

Parei de me importar. Parei de me importar se faríamos, de fato, os quadros caírem da parede quando Rhys parou mais uma vez.

— Mas na maior parte do tempo penso nisso. Na sensação de você em volta de mim, Feyre. — Ele entrou em mim, delicioso e irrefreável. — Seu gosto na minha língua. — Minhas unhas cortaram os ombros largos de Rhys. — Como, mesmo que tenhamos mil anos juntos, jamais me cansarei *disto*.

O prazer começou a se acumular em minha coluna, abafando qualquer som e sentido além de onde meu parceiro me encontrava, me tocava.

Outra investida, mais longa e mais forte. A madeira rangeu sob a mão dele.

Rhys abaixou a boca até meus seios e mordiscou — mordiscou, então lambeu para afastar a dor que lançou prazer zunindo por meu sangue.

— Como me permite fazer coisas tão terríveis e travessas com você.

A voz dele era uma carícia que fez meu quadril se mover, implorando que fosse *mais rápido*.

Rhys apenas riu baixinho, cruelmente, enquanto negava aquela união completa e desenfreada que eu ansiava.

Abri os olhos por tempo o bastante para olhar para baixo, onde eu o via unido a mim, movendo-se tão dolorosamente devagar para dentro e para fora.

— Gosta de assistir? — sussurrou ele. — De assistir enquanto me movo dentro de você?

Em resposta, sem palavras, lancei a mente pela ponte entre nós, roçando contra os escudos de adamantino de meu parceiro.

Rhys me permitiu entrar imediatamente, mente com mente e alma com alma, e logo eu estava vendo pelos olhos dele — olhando para *mim* enquanto ele agarrava meu quadril e investia.

*Veja como trepo com você, Feyre.*

*Pelos deuses*, foi minha única resposta.

Mãos percorreram minha mente, minha alma. *Veja como nos encaixamos perfeitamente.*

Meu corpo quente estava arqueado contra a parede — perfeito, de fato, para recebê-lo, para receber cada centímetro dele.

*Está vendo por que não consigo parar de pensar nisso — em você?*

De novo, ele recuou e mergulhou, e soltou a contenção sobre seu poder.

Estrelas piscaram a nossa volta, e uma escuridão doce nos envolveu. Como se fôssemos as duas únicas almas em uma galáxia. E, ainda assim, Rhys permanecia diante de mim, com minhas pernas enroscadas em sua cintura.

Rocei minhas mãos mentais por ele e sussurrei: *Consegue transar comigo aqui dentro também?*

Aquele prazer travesso hesitou. E se calou.

As estrelas e a escuridão pausaram também.

Então o predador puro e total respondeu. *Seria um prazer.*

Fiquei sem palavras para o que aconteceu a seguir.

Rhys me deu tudo o que eu queria: as investidas incontroladas dele dentro de meu corpo — o impulso incansável e o preenchimento e o choque de pele contra pele, a batida de nossos corpos contra a madeira. A noite cantando ao redor, as estrelas passando como neve.

E então lá estávamos. Mente com mente, deitados naquela ponte entre nossas almas.

Não tínhamos corpos ali, mas eu o sentia conforme ele me seduzia, seu poder sombrio envolvendo o meu, lambendo minhas chamas, sugando meu gelo, roçando as garras nas minhas.

Senti Rhys conforme seu poder se misturou ao meu, recuando e avançando, para dentro e para fora. Até que minha magia disparou, agarrando-se a ele, e nós dois nos debatemos e queimamos juntos.

Tudo isso enquanto ele se movia dentro de mim, incansável e determinado como o mar. De novo e de novo, poder e carne e alma, até que devo ter começado a gritar, e ele a rugir, então meu corpo mortal se contraiu sobre ele, estilhaçando-se.

Então *eu* me estilhacei. Tudo que eu era se rompeu em estrelas e galáxias e cometas, nada além de alegria pura e brilhante. Rhys me segurou, me envolveu; a escuridão dele absorveu a luz que brilhava e estourava, me mantendo inteira, me mantendo unida.

E quando minha mente conseguiu formar palavras, quando consegui novamente sentir a essência de Rhys ao redor, com seu corpo ainda se movendo dentro do meu, mandei a ele aquela imagem uma última vez, para a escuridão e para as estrelas — meu presente.

Talvez *nosso* presente, um dia.

Rhys se derramou em mim com um rugido, e as asas se abriram.

Em nossa mente, por aquele laço, a magia de meu parceiro irrompeu. A alma dele lavou a minha, enchendo cada fenda e depressão, de forma que não houvesse uma parte de mim que não estivesse cheia dele, incandescente com sua essência sombria e gloriosa e com o amor inextinguível.

Rhys permaneceu enterrado em mim, recostando-se pesadamente contra a parede enquanto ofegava contra meu pescoço:

— *FeyreFeyreFeyre*.

Ele estava tremendo. Nós dois estávamos.

Reuni a consciência para abrir os olhos.

O rosto de Rhys estava acabado. Entorpecido. Sua boca permanecia parcialmente aberta enquanto ele me olhava, o brilho ainda irradiando de minha pele, forte contra as sombras beijadas pelas estrelas de meu parceiro.

Por longos momentos, apenas nos encaramos. Respiramos.

E então Rhys olhou de esguelha para o restante da sala.

Para o que tínhamos feito.

Um sorriso malicioso se formou em seus lábios quando observamos os quadros que tinham, de fato, caído da parede, as molduras rachadas no chão. Um vaso sobre uma mesa de canto próxima tinha até sido derrubado no chão, estilhaçando-se em pequenos pedaços azuis.

Rhys deu um beijo sob minha orelha.

— Isso vai sair do seu salário, sabe.

Virei a cabeça para Rhys e soltei seus ombros para dar um beliscão em seu nariz. Meu parceiro riu, roçando os lábios contra minha têmpora.

Mas encarei as marcas que eu tinha deixado em sua pele, já sumindo. Encarei as tatuagens sobre seu peito e seus braços. Mesmo se uma imortal dedicasse a vida inteira à pintura, não seria o bastante para capturar cada faceta de Rhys. De nós.

Ergui os olhos para os de meu parceiro de novo e encontrei estrelas e escuridão esperando. Encontrei meu *lar* esperando.

Jamais seria o bastante. Pintá-lo, conhecê-lo. Séculos jamais seriam o suficiente para tudo o que eu queria fazer e ver com ele. Para o tanto que eu queria amá-lo.

A pintura brilhou diante de mim: *Noite triunfante — e as estrelas eternas.*

— Faça de novo — sussurrei, com a voz rouca.

Rhys sabia do que eu estava falando.

E jamais me senti tão grata por um parceiro feérico quando ele ficou duro de novo um segundo depois, me apoiou no chão, então me virou de barriga para baixo e mergulhou profundamente dentro de mim com um grunhido.

E mesmo quando, por fim, desabamos no tapete, evitando por pouco os quadros quebrados e os cacos do vaso, incapazes de nos movermos por um bom tempo, aquela imagem de meu presente permanecia entre nós, reluzindo tão forte quanto qualquer estrela.

Aquele lindo menino de olhos azuis e cabelos pretos que o Entalhador de Ossos um dia me mostrara.

Aquela promessa do futuro.

✢

Velaris ainda estava dormindo quando Rhys e eu voltamos na manhã seguinte.

Ele não nos levou para a casa da cidade, no entanto. Mas para uma propriedade à margem do rio, com a construção em ruínas e os jardins como uma selva.

Névoa pairava sobre grande parte da cidade na hora antes do alvorecer.

As palavras que tínhamos trocado naquela noite, o que tínhamos feito, fluía entre nós, tão invisível e sólido quanto nosso laço de parceria. Ele não tomara o tônico contraceptivo com o café da manhã. E não tomaria de novo tão cedo.

— Você nunca perguntou sobre seu presente de Solstício — disse Rhys depois de um tempo, nossos passos esmagando o cascalho congelado nos jardins ao longo do Sidra.

Ergui a cabeça de seu ombro, onde a havia encostado enquanto passeávamos.

— Imaginei que estivesse esperando para fazer uma revelação dramática.

— Acho que estava mesmo. — Rhys parou e, quando se virou para a casa atrás de nós, eu também parei. — Esta.

Pisquei para ele. Para os escombros da propriedade.

— Esta?

— Considere que é um presente de Solstício e de aniversário. — Rhys indicou a casa, os jardins, a propriedade que corria para a beira do rio. Tinha uma vista perfeita do Arco-Íris à noite, graças à curva do terreno. — É sua. Nossa. Comprei na véspera do Solstício. Os construtores virão em dois dias para começar a limpar os escombros e derrubar o restante da casa.

Pisquei de novo, longa e lentamente.

— Você comprou uma *propriedade* para mim.

— Tecnicamente, será *nossa* propriedade, mas a casa é sua. Construa como seu coração mandar. Tudo o que quiser, tudo de que precisar... construa.

Apenas o custo, o mero tamanho daquele presente, devia ser astronômico.

— Rhys.

Ele caminhou alguns passos e passou as mãos pelos cabelos preto-azulados, as asas bem fechadas.

— Não temos espaço na casa da cidade. Você e eu mal conseguimos enfiar tudo no quarto. E ninguém quer ficar na Casa do Vento. — Mais uma vez, ele gesticulou para a magnífica propriedade ao redor. — Então construa uma casa para nós, Feyre. Sonhe tão ousadamente quanto quiser. É sua.

Eu não tinha palavras para aquilo. Para o que cascateava por mim.

— Isso... o *custo*...

— Não se preocupe com o custo.

— Mas... — Olhei boquiaberta para a terra dormente, emaranhada, para a casa arruinada. Imaginei o que poderia querer ali. Meus joelhos fraquejaram. — Rhys... é muito.

O rosto dele se tornou terrivelmente sério.

— Não para você. Jamais para você. — Ele passou os braços por minha cintura, beijando minha têmpora. — Construa uma casa com um estúdio de pintura. — Então beijou minha outra têmpora. — Construa uma casa com um escritório para você e um para mim. Construa uma casa com uma banheira grande o bastante para dois... e para as asas. — Outro beijo, dessa vez na bochecha. — Construa uma casa com quartos para toda nossa família. — Ele beijou minha outra bochecha. — Construa uma casa com um jardim para Elain, um ringue de treinamento para os bebês illyrianos, uma biblioteca para Amren e um imenso armário para Mor. — Engasguei em uma risada diante daquilo. Mas Rhys a silenciou com um beijo em minha boca, demorado e doce. — Construa uma casa com um quarto de bebê, Feyre.

Meu coração se apertou a ponto de doer, e eu o beijei de volta. Beijei de novo, e de novo, com a propriedade ampla e livre ao redor.

— Vou construir — prometi.

# Capítulo
# 23
### *Rhysand*

O sexo tinha acabado comigo.

Tinha me destruído completamente.

Qualquer pedaço remanescente de minha alma que ainda não pertencesse a ela tinha se rendido incondicionalmente na noite anterior.

E ao ver a expressão de Feyre quando mostrei a ela a propriedade à margem do rio... Guardei a lembrança do rosto lindo e reluzente conforme bati às portas rachadas da frente da mansão de Tamlin.

Nenhuma resposta.

Esperei um minuto. Dois.

Estendi um fio de poder pela casa, sentindo. Quase temendo o que poderia encontrar.

Mas ali... nas cozinhas. Um nível abaixo. Vivo.

Entrei, meus passos ecoando no piso de mármore rachado. Não me incomodei em disfarçá-los. Ele provavelmente tinha sentido minha chegada assim que atravessara para os degraus da entrada da casa.

Foi questão de poucos minutos chegar à cozinha.

Não estava completamente pronto para o que vi.

Um imenso alce morto na longa mesa de trabalho no centro do espaço escuro, com a flecha no pescoço iluminada pela luz aquosa que vazava pelas pequenas janelas. Sangue se empoçava no piso de pedra cinza, e o gotejar era o único som.

O único som, enquanto Tamlin permanecia sentado na cadeira diante da mesa. Encarando a besta morta.

— Seu jantar está vazando — falei como cumprimento, assentindo para a sujeira que se acumulava.

Nenhuma resposta. O Grão-Senhor da Primaveril nem mesmo ergueu o rosto para mim.

*Seu parceiro deveria saber que não se deve chutar um macho caído.*

As palavras de Lucien para Feyre tinham permanecido. Talvez por isso eu tivesse deixado minha parceira explorando as novas tintas que Azriel lhe dera e atravessado até ali.

Observei o grandioso alce, os olhos pretos abertos e vítreos. Havia uma faca de caça enfiada na madeira ao lado da cabeça peluda do animal.

Ainda nenhuma palavra, nem mesmo um sussurro de movimento. Muito bem, então.

— Falei com Varian, príncipe de Adriata — afirmei, permanecendo do outro lado da mesa, a galhada do animal como um arbusto espinhento entre nós. — Solicitei que ele pedisse a Tarquin para despachar soldados para sua fronteira. — Eu tinha feito isso na noite anterior, quando puxei Varian para um canto durante o jantar. Ele concordara prontamente, jurando que seria feito. — Chegarão em poucos dias.

Nenhuma resposta.

— Isso é aceitável para você? — Como parte das Cortes Sazonais, a Estival e a Primaveril eram aliadas de longa data... até essa guerra.

Devagar, a cabeça de Tamlin se ergueu. Os cabelos dourados soltos estavam sem brilho e embaraçados.

— Acha que ela vai me perdoar? — A pergunta saiu rouca. Como se ele andasse gritando.

Eu sabia de quem ele estava falando. E não sabia responder. Não sabia se o fato de ela desejar felicidade a ele era o mesmo que perdão.

Se Feyre algum dia iria querer oferecer isso a Tamlin. Perdão podia ser uma dádiva aos dois, mas o que ele fizera...

— Quer que ela perdoe você?

Os olhos verdes do Grão-Senhor estavam vazios.

— Eu mereço?

Não. Jamais.

Ele devia ter lido meu rosto, porque perguntou:

— Você me perdoa... por sua mãe e irmã?

— Não me lembro de algum dia ter ouvido um pedido de perdão.

Como se um pedido de perdão fosse consertar as coisas. Como se um pedido de perdão fosse apaziguar a perda que ainda me corroía, o buraco que restava onde as vidas alegres e lindas de minha mãe e irmã um dia brilharam.

— Não acho que um pedido fará diferença, de toda forma — disse Tamlin, encarando o alce morto mais uma vez. — Para nenhum de vocês.

Destruído. Completamente destruído.

*Precisará de Tamlin como aliado antes de a poeira baixar*, avisara Lucien a minha parceira. Talvez por isso eu tivesse vindo também.

Gesticulei, então minha magia cortou e dividiu. Fez a pele do alce deslizar para o chão com farfalhar de pelo e um estampido de carne úmida. Outra faísca de poder e cortes de carne foram tirados das laterais, empilhados ao lado do fogão escuro — que logo se acendeu.

— Coma, Tamlin — eu disse. Ele nem mesmo piscou.

Não era perdão; não era bondade. Eu não podia, não iria, me esquecer do que ele fizera com aqueles que eu mais amava.

Mas era Solstício... ou tinha sido. E talvez porque Feyre me dera um presente maior do que qualquer um com que eu pudesse sonhar, comentei:

— Pode definhar e morrer depois que tivermos organizado esse nosso novo mundo.

Um pulso de meu poder e uma frigideira de ferro deslizou para o fogão já quente. Um bife caiu nela, chiando.

— Coma, Tamlin — repeti, e sumi com um vento sombrio.

# Capítulo 24

*Morrigan*

Ela mentira para Feyre.
De certo modo.
Mor *iria* para a Corte Invernal. Mas não tão brevemente quanto dissera. Viviane, pelo menos, sabia quando realmente a esperar. Embora estivessem trocando cartas durante meses, Mor ainda não tinha contado sequer à Senhora da Corte Invernal onde estaria entre o Solstício em Velaris e a visita à casa de Viviane e Kallias nas montanhas.

Ela não gostava de contar às pessoas sobre aquele lugar. Jamais o mencionara aos demais.

E conforme galopou sobre as colinas nevadas, com o peso sólido e morno da égua Ellia sob o corpo, Mor se lembrou do porquê.

A névoa do início da manhã pairava entre as saliências e as depressões da vasta propriedade. A propriedade dela. Athelwood.

Ela a tinha comprado havia trezentos anos pela paz do lugar. E a mantivera pelos cavalos.

Ellia tomou as colinas com uma graciosidade determinada, fluindo tão rápido quanto o vento oeste.

Mor não tinha sido criada para cavalgar. Não quando atravessar era infinitamente mais rápido.

Mas com a travessia jamais parecia que estava de fato *viajando* a algum lugar. Era mais como se estivesse indo, correndo, disparando para o lugar seguinte. Ela desejava, e lá estava.

Mas os cavalos... Mor sentia cada centímetro de terra pela qual galopavam. Sentia o vento e o cheiro das colinas e da neve e podia ver a muralha de floresta densa que passava à esquerda.

Vivo. Estava tudo vivo, e ela ainda mais, principalmente quando cavalgava.

Athelwood tinha vindo com seis cavalos, pois o dono anterior se cansara deles. Todos eram de raças raras e cobiçadas. Tinham custado tanto quanto a ampla propriedade e os trezentos acres impecáveis no noroeste de Velaris. Uma terra de colinas extensas e córregos gorgolejantes, de florestas antigas e mares revoltos.

Ela não gostava de ficar sozinha por longos períodos — não suportava. Mas alguns dias aqui e ali eram necessários, vitais para sua alma. E sair com Ellia era tão rejuvenescedor quanto qualquer dia passado tomando banho de sol.

Mor freou Ellia no alto de uma das colinas maiores e deixou que a égua descansasse, mesmo quando o animal puxou as rédeas. Ela correria até o coração falhar — jamais fora tão dócil quanto seus tratadores queriam. Mor a amava ainda mais por isso.

Sempre se sentira atraída pelas coisas selvagens e indomadas do mundo.

Enquanto cavalo e amazona respiravam com dificuldade, Mor observava sua propriedade extensa, o céu cinza. Aconchegada nas vestes de couro illyriano e aquecida devido à cavalgada, estava confortavelmente quente. Uma tarde lendo diante da lareira crepitante na vasta biblioteca de Athelwood, seguida por um jantar reconfortante e uma noite em que se deitaria cedo seria perfeito.

Como o continente parecia distante, junto com o pedido de Rhys. Ir, bancar espiã, e cortesã, e embaixadora, ver aqueles reinos há muito fechados, onde amigos um dia moraram... *Sim*, dizia o sangue de Mor para ela. *Vá para as terras mais longínquas e vastas possíveis. Vá com o vento.*

Mas partir, deixar que Keir acreditasse que ele a *fizera* ir por causa do acordo com Eris...

*Covarde. Covarde patética.*

Mor bloqueou o chiado em sua cabeça, passando a mão pela crina nevada de Ellia.

Ela não tinha mencionado aquilo nos últimos dias em Velaris. Quisera fazer aquela escolha sozinha e compreendera como a notícia poderia projetar uma sombra sobre a alegria.

Ela sabia que Azriel diria não, que a quereria segura. Como sempre fizera. Cassian teria dito que sim, Amren teria concordado com ele, e Feyre teria se preocupado antes de concordar. Az ficaria irado, fechando-se ainda mais.

Ela não queria tirar a felicidade do mestre espião. Não mais do que já fizera.

Mas precisaria contar a eles, independentemente do que decidisse, em algum momento.

As orelhas de Ellia encostaram na cabeça.

Mor enrijeceu o corpo, acompanhando o olhar da égua.

Em direção ao emaranhado do bosque à esquerda delas, que mal passava de uma copa de árvores daquela distância.

Mor esfregou o pescoço de Ellia.

— Calma — sussurrou. — Calma.

Mesmo naqueles bosques, sabia-se que terrores antigos já tinham surgido.

Mas Mor não sentiu cheiro de nada, não viu nada. O tendão de poder que lançou na direção do bosque revelou apenas os pássaros e os pequenos animais habituais. Um cervo bebendo de um buraco no córrego coberto de gelo.

Nada, exceto...

Ali, entre um emaranhado de espinhos. Um trecho de escuridão.

A escuridão não se moveu, não parecia fazer nada além de se deter. E observar.

Familiar e, ainda assim, estranha.

Algo no poder de Mor sussurrou para que não tocasse aquilo, para que não se aproximasse. Mesmo daquela distância.

Mor obedeceu.

Mas continuou observando a escuridão nos espinhos, como se uma sombra tivesse caído no sono ali no meio.

Não como as sombras de Azriel, emaranhadas e sibilantes.

Algo diferente.

Algo que encarava de volta, observando-a também.

Melhor não incomodar. Principalmente com a promessa de uma lareira crepitante e uma taça de vinho em casa.

— Vamos tomar o caminho mais curto de volta — murmurou Mor para Ellia, dando tapinhas no pescoço da égua.

O animal não precisou de mais encorajamento antes de se lançar em um galope, dando as costas ao bosque e ao observador sombreado.

Por cima e entre colinas, elas seguiram, até que o bosque estivesse escondido nas névoas atrás das duas.

O que mais Mor poderia ver, testemunhar, em terras onde ninguém da Corte Noturna se aventurava havia milênios?

A pergunta permanecia com cada passo estrondoso de Ellia sobre neve, córregos e colinas.

A resposta ecoava pelas rochas e árvores e nuvens cinzentas acima.

*Vá. Vá.*

# Capítulo 25

*Feyre*

Dois dias depois, eu estava de pé à porta do estúdio abandonado de Polina.

Foram-se as janelas fechadas com tábuas e as teias de aranha penduradas. Restava apenas espaço aberto, limpo e amplo.

Eu ainda olhava boquiaberta quando Ressina me encontrou, parando enquanto caminhava na rua, sem dúvida vindo do próprio estúdio.

— Feliz Solstício, minha senhora — disse ela, sorrindo alegremente.

Não correspondi ao sorriso, mas encarei a porta aberta. O espaço adiante.

Ressina apoiou a mão em meu braço.

— Algo errado?

Meus dedos se fecharam ao lado do corpo, envolvendo a chave de bronze na palma da mão.

— É meu — eu disse, baixinho.

O sorriso de Ressina começou a aumentar de novo.

— É mesmo?

— Eles... a família dela deu para mim.

Tinha acontecido naquela manhã. Eu havia atravessado até a fazenda da família de Polina, mas de alguma forma não tinha surpreendido ninguém ao aparecer. Como se estivessem esperando.

Ressina inclinou a cabeça.

— Então por que essa cara?

— Eles *deram* para mim. — Estendi os braços. — Tentei comprar o estúdio. Ofereci dinheiro para a família. — Balancei a cabeça, ainda desnorteada. Nem mesmo tinha voltado para a casa da cidade. Nem mesmo contara a Rhys. Tinha acordado ao alvorecer, visto que meu parceiro já havia saído para encontrar Az e Cassian no acampamento de Devlon e decidido mandar a espera para o inferno. Adiar a *vida* não fazia sentido algum. Eu sabia o que queria. Não havia motivo para atrasos. — Eles me entregaram a escritura, me disseram para assinar meu nome e me deram a chave. — Esfreguei o rosto. — Eles recusaram meu dinheiro.

Ressina soltou um longo assobio.

— Não fico surpresa.

— Mas a irmã de Polina — falei, com a voz trêmula ao colocar a chave no bolso do sobretudo — sugeriu que eu usasse o dinheiro para outra coisa. Que se quisesse doar, deveria ser para o Pincel e Cinzel. Sabe o que é?

Eu fiquei chocada demais para perguntar, para fazer qualquer coisa que não fosse assentir e dizer que o faria.

Os olhos ocre de Ressina se suavizaram.

— É uma caridade para artistas que precisam de ajuda financeira, para dar a eles e a suas famílias dinheiro para comida, ou aluguel, ou roupas. Para que não precisem passar fome ou necessidade enquanto criam.

Não consegui impedir as lágrimas que embaçaram minha visão. Não consegui deixar de me lembrar dos anos naquele chalé, da dor vazia da fome. Da imagem dos três pequenos potes de tinta que eu usava aos poucos para aproveitar.

— Não sabia que isso existia — sussurrei, por fim. Mesmo com todos os comitês para os quais me voluntariava para ajudar, essa caridade não tinha sido mencionada.

Eu não sabia que havia um lugar, um mundo, onde artistas poderiam ser valorizados. Cuidados. Eu jamais tinha sonhado com tal coisa.

A mão morna e fina tocou meu ombro, apertando levemente.

— Então, o que vai fazer com ele? Com o estúdio. — perguntou Ressina.

Observei o espaço vazio adiante. Não vazio — *à espera*.

E de longe, como se carregada pelo vento frio, ouvi a voz do Suriel.

*Feyre Archeron, um pedido. Deixe este mundo um lugar melhor do que o encontrou.*

Contive minhas lágrimas e empurrei uma mecha solta de cabelo de volta para a trança antes de me virar para a feérica.

— Por acaso não estaria buscando uma parceira de negócios sem qualquer experiência, estaria?

# Capítulo
# 26

*Rhysand*

As meninas estavam no ringue de treino.

Apenas seis delas, e nenhuma parecendo muito satisfeita, mas estavam ali, encolhendo-se diante das ordens sem convicção de Devlon sobre como segurar uma adaga. Pelo menos ele lhes dera algo relativamente simples para aprender. Diferentemente dos arcos illyrianos, que estavam empilhados em espera ao lado do ringue delimitado com giz das meninas. Como se fosse uma provocação.

Um bom número de machos não conseguia reunir forças para empunhar aqueles poderosos arcos. Eu ainda conseguia sentir o açoite do fio contra a bochecha, o pulso, os dedos, durante os anos que levei para que o dominasse.

Se uma das meninas decidisse aprender o arco illyriano, eu mesmo supervisionaria as lições.

Fiquei com Cassian e Azriel na ponta mais afastada dos ringues de treino, o acampamento Refúgio do Vento brilhando intensamente com a neve fresca que fora jogada pela tempestade.

Como esperado, a tempestade tinha terminado no dia anterior — dois dias depois do Solstício. E como prometido, Devlon colocara as meninas no ringue. A mais jovem tinha cerca de 12 anos, a mais velha, 16.

— Achei que haveria mais — murmurou Azriel.

— Algumas partiram com as famílias para o Solstício — explicou Cassian, com os olhos no treino, sibilando volta e meia quando uma das meninas fazia um movimento dolorosamente errado que não era corrigido. — Só voltarão em alguns dias.

Tínhamos mostrado a ele as listas que Az havia compilado dos possíveis encrenqueiros desses acampamentos. Cassian ficara distante desde então. Mais descontentamentos do que esperávamos. Um bom número deles vinha de um conhecido rival deste clã, o acampamento Cume de Ferro, onde Kallon, o filho do senhor de lá, gastava sua energia para causar o máximo de divergência possível. Tudo direcionado a mim e a Cassian.

Um movimento ousado, considerando que Kallon ainda era um guerreiro novato. Que só deveria fazer o Rito nesta primavera ou na seguinte. Mas ele era tão ruim quanto o grosseiro do pai. Pior, dizia Az.

*Acidentes acontecem no Rito*, eu apenas sugerira quando o rosto de Cassian se contraiu com a notícia.

*Não desonraremos o Rito adulterando-o*, fora sua única resposta.

*Acidentes acontecem nos céus o tempo todo, então*, replicara Azriel, friamente.

*Se aquele moleque quer encher meu saco, é melhor que o dele cresça primeiro e que ele faça isso na minha cara*, grunhira Cassian, e pronto.

Eu o conhecia bem o suficiente para deixar que cuidasse daquilo — que decidisse como e quando lidaria com Kallon.

— Apesar dos resmungos nos acampamentos — falei a Cassian, indicando os ringues de treino. Os machos mantinham uma distância saudável de onde as poucas fêmeas treinavam, como se com medo de pegar alguma doença mortal. Patético. — Isso *é* um bom sinal, Cass.

Azriel assentiu, e as sombras o envolveram. A maioria das mulheres do acampamento tinha entrado em casa quando ele apareceu.

Uma rara visita do encantador de sombras. Tanto mito quanto terror. Az parecia igualmente insatisfeito por estar ali, mas viera a meu pedido.

Era saudável, talvez, que Az às vezes se lembrasse do lugar de onde viera. Ainda usava os couros illyrianos. Não tentara remover as tatuagens. Alguma parte dele ainda era illyriana. Sempre seria. Mesmo que ele desejasse esquecer.

Cassian não disse nada por um minuto, seu rosto era uma máscara de pedra. Estivera distante mesmo antes de nos reunirmos em volta da mesa na antiga casa de minha mãe para dar o relatório daquela manhã. Distante desde o Solstício. Eu apostaria um bom dinheiro no motivo.

— Será um bom sinal — respondeu ele, por fim — quando houver vinte meninas lá fora e elas tiverem aparecido por um mês ininterrupto.

Az deu um riso baixo.

— Aposto com você...

— Sem apostas — disse Cassian. — Não nisto.

Az sustentou o olhar de Cassian por um momento, os Sifões cobalto reluziram, então ele assentiu. Entendido. Essa missão de Cassian, nascida anos atrás e talvez perto de dar frutos... Ia além de apostas para ele. Alcançava um ferimento que jamais se curara de verdade.

Passei o braço em volta de seus ombros.

— Pequenos passos, irmão. — Lancei a Cassian um sorriso, sabendo que não chegara a meus olhos. — Pequenos passos.

Para todos nós.

Nosso mundo poderia muito bem depender daquilo.

# Capítulo 27

*Feyre*

Os sinos da cidade soaram 11 horas da manhã.

Um mês depois, Ressina e eu estávamos perto da porta da entrada, ambas usando roupas quase idênticas: suéteres longos e grossos, leggings quentes e botas de trabalho robustas, com forro de lã de carneiro.

Botas que já estavam manchadas de tinta.

Nas semanas desde que a família de Polina me dera o estúdio, Ressina e eu tínhamos ido lá quase todos os dias. Preparando o lugar. Planejando nossa estratégia. As lições.

— A qualquer minuto agora — murmurou ela, olhando para o pequeno relógio pregado na parede branca reluzente do estúdio. *Isso* fora um debate interminável: de que cor pintar o espaço? Queríamos amarelo, mas então decidimos que talvez não mostrasse tão bem a arte. Preto e cinza eram pesados demais para a atmosfera que queríamos, bege também se chocaria com a arte... Então escolhemos branco. O quarto dos fundos, pelo menos, tínhamos pintado de cores alegres — uma cor diferente em cada parede. Verde, rosa, vermelho e azul.

Mas aquele espaço da frente... Limpo. Exceto pela tapeçaria que eu tinha pendurado em uma das paredes, na qual o preto do Vazio era hipnotizante. E um lembrete. Tanto quanto a impossível iridescência da Esperança, reluzindo ao longo. Trabalhar através da perda, não importava o quanto fosse sobrepujante. Criar.

E então havia os dez cavaletes e os banquinhos dispostos em círculo no centro da galeria.

Esperando.

— Será que virão? — murmurei para Ressina.

A feérica alternou o peso entre os pés, o único sinal de preocupação.

— Disseram que viriam.

Durante o mês em que tínhamos trabalhado juntas, ela se tornara uma grande amiga. Uma amiga querida. O olho de Ressina para o design era impecável, tão bom que eu tinha pedido a ela que me ajudasse a planejar a casa do rio. Era assim que eu a chamava. Pois *mansão no rio*... Não. *Casa* seria, mesmo que fosse a maior daquela cidade. Não por nenhum capricho, mas apenas pela praticidade. Pelo tamanho de nossa corte, nossa família. Uma família que talvez continuasse crescendo.

Mas isso ficaria para depois. Por enquanto...

Um minuto se passou. Então dois.

— Apareçam logo — murmurou Ressina.

— Talvez estejam com os relógios atrasados?

Mas assim que eu disse isso, eles surgiram. Ressina e eu prendemos o fôlego conforme o bando virou a esquina, dirigindo-se para o estúdio.

Dez crianças, Grã-Feéricas e feéricas, e alguns dos pais delas.

Alguns deles — pois outros não estavam mais vivos.

Mantive um sorriso receptivo, mesmo quando meu coração galopou com cada criança que passou pela nossa porta, cautelosa e insegura, aglomerando-se perto dos cavaletes. Minhas palmas suavam conforme os pais se reuniam com elas, os rostos menos reservados, mas ainda hesitantes. Hesitantes, porém esperançosos.

Não apenas por eles mesmos, mas pelas crianças que tinham trazido.

Não tínhamos feito muita propaganda. Ressina perguntara a alguns amigos e conhecidos, então pedira que eles indagassem por aí. Se havia crianças na cidade que talvez precisassem de um lugar para expressar os horrores do que acontecera durante a guerra. Se havia crianças que talvez não conseguissem falar sobre o que tinham passado ou sofrido, mas que poderiam, quem sabe, pintar ou desenhar ou esculpir. Talvez não fizessem nenhuma dessas coisas, mas o ato de criar *algo*... poderia ser um bálsamo para elas.

Como era para mim.

Como era para a tecelã e para Ressina, e para tantos artistas nessa cidade.

Depois que a notícia se espalhou, choveram perguntas. Não apenas de pais e guardiões, mas de potenciais instrutores. Artistas no Arco-Íris que estavam ansiosos para ajudar, para dar aulas.

Eu daria uma aula por dia, dependendo do que fosse requerido de mim como Grã-Senhora. Ressina daria outra. E haveria um calendário rotativo para os demais professores lecionarem a terceira e quarta aulas do dia. Incluindo a própria tecelã, Aranea.

Porque a resposta dos pais e das famílias tinha sido esmagadora.

*Quando começam as aulas?* era a pergunta mais frequente. A segunda era *Quanto custa?*

Nada. Nada, dissemos a eles. Era gratuito. Nenhuma criança ou família jamais pagaria por aulas ali — ou suprimentos.

A sala se encheu conforme Ressina e eu trocamos um breve olhar de alívio. E de nervoso também.

E quando encarei as famílias reunidas, a sala aberta e ensolarada ao redor, sorri mais uma vez e comecei.

# Capítulo 28

*Feyre*

Ele estava esperando por mim uma hora e meia depois.

Conforme as últimas crianças correram para fora, algumas rindo, outras ainda sérias e com um olhar vazio, ele segurou a porta aberta para elas e para as famílias. Todas ficaram boquiabertas, fazendo uma reverência com a cabeça, e Rhys ofereceu um sorriso largo e tranquilo em resposta.

Eu amava aquele sorriso. Amava aquela graça casual dele ao entrar na galeria, sem sinal das asas, para observar as pinturas ainda secando. Para observar a tinta que manchava meu rosto e o suéter e as botas.

— Dia difícil no escritório?

Afastei uma mecha de cabelo. Sabendo que provavelmente estava manchada com tinta azul. Pois meus dedos estavam cobertos com ela.

— Você deveria ver Ressina.

De fato, ela fora até os fundos momentos antes para lavar o rosto cheio de tinta vermelha. Cortesia de uma das crianças, que achou que seria uma boa ideia formar uma bolha com *toda* a tinta para ver que cor daria e então levitá-la pela sala... até colidir contra o rosto de Ressina.

Rhys riu quando lhe mostrei a cena pelo laço.
— Excelente uso dos poderes em maturação, pelo menos.
Sorri, avaliando uma das pinturas ao lado de meu parceiro.
— Foi o que eu disse. Ressina não achou tão engraçado.
Embora tivesse sido. Sorrir fora um pouco difícil, no entanto, considerando que muitas das crianças tinham cicatrizes tanto visíveis quanto invisíveis.

Rhys e eu estudamos uma pintura de uma jovem feérica cujos pais tinham sido mortos no ataque.
— Não demos a eles nenhuma instrução detalhada — expliquei, conforme os olhos de meu parceiro percorreram a pintura. — Só dissemos a eles que pintassem uma lembrança. Foi isso que ela criou.

Era difícil olhar. As duas figuras ali. A tinta vermelha. As figuras no céu, os dentes cruéis e as garras esticadas.
— Não levam as pinturas para casa?
— Precisam secar primeiro, mas perguntei se ela queria que eu guardasse esta em algum lugar especial e ela disse para jogá-la fora.

Os olhos de Rhys a fitaram com preocupação.
— Quero guardá-la. E colocar em meu futuro escritório. Para não esquecermos — eu disse, baixinho.

O que acontecera, pelo que estávamos trabalhando. Exatamente por isso a tapeçaria da insígnia da Corte Noturna de Aranea pendia da parede.

Ele beijou minha bochecha em resposta e seguiu para a pintura seguinte. Então riu.
— Explique esta.
— Esse menino estava *terrivelmente* desapontado com os presentes que ganhou de Solstício. Principalmente porque não ganhou um cachorrinho. Então a "memória" criada é uma que ele espera ter no futuro, dele e do tal cachorro. Com os pais na casinha do animal, enquanto ele e o cachorro moram na casa de verdade.
— Que a Mãe ajude esses pais.
— Foi ele quem fez a bolha.

Rhys riu de novo.
— Que a Mãe ajude *você*.

Eu o cutuquei, rindo junto.

— Quer caminhar comigo até a casa da cidade para o almoço?

Rhys esboçou uma reverência.

— Seria minha honra, senhora.

Revirei os olhos, gritando para Ressina que voltaria em uma hora. Ela disse que eu deveria levar o tempo que quisesse, já que a aula seguinte só começaria às 14 horas. Tínhamos decidido que nós duas deveríamos estar nessas aulas iniciais, para que os pais e os guardiões nos conhecessem. E as crianças também. Seriam duas semanas inteiras assim, até cobrirmos toda a lista de aulas.

Rhys me ajudou com o casaco, roubando um beijo antes de sairmos para o dia ensolarado e gelado. O Arco-Íris se agitava ao redor, com artistas e fregueses assentindo e gesticulando para nós conforme caminhávamos para casa.

Entrelacei o braço ao de meu parceiro, aninhando o corpo contra seu calor.

— É estranho — murmurei.

Rhys inclinou a cabeça.

— O quê?

Sorri. Para ele, para o Arco-Íris, para a cidade.

— Esta sensação, esta animação de acordar a cada dia. De ver você, e de trabalhar, e de simplesmente *estar* aqui.

Há quase um ano, eu tinha dito o oposto a ele. Desejado o oposto. O rosto de Rhys se suavizou. Como se ele também se lembrasse. E compreendesse.

— Sei que há muito a fazer. Sei que há coisas que precisaremos enfrentar. Algumas o quanto antes — prossegui. As estrelas nos olhos dele se apagaram diante da afirmação. — Sei que ainda temos que lidar com os illyrianos, com as rainhas humanas e com os próprios humanos, e tudo isso. Mas apesar deles... — Eu não conseguia terminar. Não conseguia encontrar as palavras certas. Ou dizê-las sem me desfazer em público.

Então me recostei em Rhys, naquela força inabalável, e continuei pelo laço: *Você me faz tão, tão feliz. Minha vida é feliz, e jamais deixarei de me sentir grata porque você está nela.*

Ergui o rosto e me deparei com lágrimas escorrendo pelas bochechas de meu parceiro, sem que ele tivesse qualquer vergonha disso. Afastei algumas delas antes do vento frio congelá-las, e Rhys sussurrou em meu ouvido:

— Jamais deixarei de me sentir grato por ter você em minha vida também, Feyre querida. E não importa o que esteja adiante — um sorriso leve e feliz ao falar isso —, nós o enfrentaremos juntos. E aproveitaremos cada momento juntos.

Eu me recostei nele de novo, e o braço de Rhys se fechou em volta de meus ombros. Sobre o braço pintado com a tatuagem que ambos estampávamos, a promessa entre nós. De jamais nos separar, não até o fim.

E mesmo depois disso.

*Amo você*, falei pelo laço.

*Como poderia não amar?*

Antes que eu pudesse cutucá-lo com o cotovelo, Rhys me beijou de novo, sem fôlego e brevemente. *Às estrelas que ouvem, Feyre.*

Passei a mão pela bochecha de meu parceiro para limpar o que restava das lágrimas, sua pele morna e macia. Então viramos na direção da rua que nos levaria para casa. Para nosso futuro — e para tudo o que nos aguardava nele.

*Aos sonhos que são atendidos, Rhys.*

# AGRADECIMENTOS

Enquanto escrevia esta história, acabei passando por dois dos maiores eventos de minha vida. No último verão, estava com um terço do esboço de *Corte de gelo e estrelas* quando recebi de minha mãe o pior tipo de telefonema: meu pai tinha sofrido um grave ataque cardíaco, e era improvável que sobrevivesse. O que aconteceu a seguir não foi menos do que um milagre, e o fato de que meu pai está vivo hoje para ver este livro ser lançado me enche com mais alegria do que consigo expressar.

A equipe incrível da UTI da Universidade de Vermont, em Burlington, terá para sempre minha profunda gratidão. Não apenas por salvar a vida de meu pai, mas também pelo cuidado e pela compaixão sem iguais que ele (e minha família inteira) recebeu durante as duas semanas que passamos acampados no hospital. Os enfermeiros da UTI serão para sempre meus heróis — seu trabalho incansável, a positividade irredutível e a inteligência notável são lendários. Vocês ofereceram à minha família um raio de esperança durante os dias mais sombrios de nossa vida e jamais nos fizeram sentir o tremendo peso das probabilidades que estavam contra nós. Obrigada, obrigada, obrigada por tudo o que fizeram e fazem, tanto por minha família quanto por inúmeras outras.

Consegui terminar de escrever *Corte de gelo e estrelas* depois desse susto (graças a algumas semanas revigorantes no lindo estado do Maine), mas somente no início do outono a segunda coisa que mudou minha vida aconteceu: descobri que estava grávida. Passar de um verão que está entre os piores dias de minha vida para esse tipo de alegria foi uma bênção imensa, e embora esta história seja lançada algumas semanas antes de minha data prevista para o parto, *Corte de gelo e estrelas* terá sempre um lugar especial em meu coração por causa disso.

Mas eu não poderia ter passado por esses longos meses de trabalho neste projeto sem meu marido, Josh. (Não conseguiria passar pela *vida* sem Josh.) Então, obrigada ao melhor marido de qualquer mundo, por cuidar tão bem de mim, tanto antes quanto durante essa gravidez, e por se certificar de que eu tivesse tudo de que precisava para permanecer concentrada e tornar este livro uma realidade (alguns exemplos importantes: infinitos pratos de lanches, chá sob demanda, achar o mais confortável dos travesseiros para apoiar os pés.) Amo você até as estrelas e de volta, e mal posso esperar por esse capítulo épico em nossa jornada juntos.

E Annie. Minha doce e bagunceira cachorrinha Annie. Obrigada pelos carinhos quentinhos e pelos beijos peludos, por ser uma alegria e um conforto tão grandes nos dias mais claros e nos mais sombrios. Não há melhor ou mais fiel companheira canina. Amo você eternamente.

Como sempre, tenho uma dívida imensa com minha agente, Tamar Rydzinski. Obrigada, obrigada, obrigada por estar a meu lado, por me manter sã e por sua sabedoria e orientação. Nada disso seria possível sem você.

Para a equipe sensacional da agência literária Laura Dail: vocês arrasam. Obrigada por *tudo*. E Cassie Homer: você é a melhor, e me sinto muito grata por tudo o que faz.

Bethany Buck, obrigada por toda sua ajuda com este livro e por ser uma pessoa tão adorável. E obrigada vezes infinito a toda a equipe da Bloomsbury: Cindy Loh, Cristina Gilbert, Kathleen Farrar, Nigel Newton, Rebecca McNally, Sonia Palmisano, Emma Hopkin, Ian Lamb,

Emma Bradshaw, Lizzy Mason, Courtney Griffin, Erica Barmash, Emily Ritter, Alona Fryman, Alexis Castellanos, Grace Whooley, Alice Grigg, Elise Burns, Jenny Collins, Beth Eller, Kelly de Groot, Lucy Mackay-Sim, Hali Baumstein, Melissa Kavonic, Diane Aronson, Donna Mark, John Candell, Nicholas Church, Anna Bernard, Kate Sederstrom e toda a equipe de direitos estrangeiros. Eu me sinto tão feliz por ser publicada por vocês!

Charlie Bowater, sua arte é uma inspiração tão grande para mim em tantos níveis. Obrigada por todo o seu trabalho enorme. É um sonho realizado colaborar com você, e mal posso esperar para trabalharmos juntas no futuro.

Para minha família: obrigada pelo amor e apoio que deram a meu pai e a mim nesse verão. Vocês pegaram aviões e dirigiram de todo o país para estar conosco em Vermont. Quase um ano se passou e ainda não tenho palavras para expressar minha gratidão ou quanto amo todos vocês. Sou tão abençoada por tê-los em minha vida.

Para meus pais: foi um ano e tanto, mas conseguimos. Jamais deixarei de me maravilhar e agradecer por sequer poder dizer essas palavras. Amo vocês dois.

Para meus maravilhosos amigos (vocês sabem quem são): obrigada por estarem lá quando eu mais precisava, por cuidarem de mim, assim como de minha família, e por jamais deixarem de trazer um sorriso para meu rosto.

E, por fim, para todos aqueles que escolheram meus livros: obrigada. Vocês são o melhor grupo de pessoas que já conheci, e me sinto honrada por tê-los como leitores. Às estrelas que ouvem — e aos sonhos que são atendidos.

Este livro foi composto na tipografia Minion Pro,
em corpo 12/15, e impresso em
papel off-white no Sistema Cameron da
Divisão Gráfica da Distribuidora Record.